KB129975

폭풍우

폭풍우
The Tempest

윌리엄 셰익스피어 희곡 박우수 옮김

THE TEMPEST
by WILLIAM SHAKESPEARE (1611)

이 책은 실로 꿰매어 제본하는 정통적인 사철 방식으로 만들어졌습니다.
사철 방식으로 제본된 책은 오랫동안 보관해도 손상되지 않습니다.

등장인물

앨론조   나폴리의 왕

서배스천   그의 동생

프러스퍼로   밀라노의 공작

앤토니오   형의 공작 자리를 찬탈한 그의 동생

퍼디낸드   나폴리 왕 앨론조의 아들

곤절로   앨론조의 늙은 신하

에이드리언, 프랜시스코   귀족들

캘리번   프러스퍼로의 노예

트린큘로   광대

스테퍼노   주정뱅이 집사

선장

갑판장

선원들

미랜다   프러스퍼로의 딸

에어리얼   공기의 요정, 프러스퍼로의 종

아이리스 ─┐
시어리스 │
주노   │ 가면극의 정령들
요정들   │
추수꾼들 ─┘

제1막

제1장

(바다에 떠 있는 배의 갑판 위. 요란한 천둥 번개 소리가 들린다)

선장과 갑판장 등장.

선장 갑판장!

갑판장 여기 있습니다, 선장님. 무슨 일이십니까?

선장 거기 있군. 선원들한테 말하시오. 좌초하게 생겼으니 부지런히 서두르라고, 서둘러. (퇴장)

선원들 등장.

갑판장 거기, 여보게들, 다들 힘을 내게나, 힘을! 서두르게, 서둘러! 큰 돛을 내리고 선장의 호각 소리에 귀를 기울이게. 배를 해안으로 몰아가지만 않는다면야, 네 마음껏 불어 봐라, 폭풍아!

앨론조, 서배스천, 앤토니오, 퍼디낸드, 곤절로, 기타 인물들 등장.

앨론조 갑판장, 조심하게. 선장은 어디에 있나?

　다들 남자답게 행동하게.

갑판장 청컨대, 아래 선실에 내려가 계십시오.

앤토니오 선장은 어디에 있나, 갑판장?

갑판장 선장의 고함 소리가 안 들리십니까? 저희 일을 망치고 계시니, 내려가 선실에 계십시오. 이러시는 것은 폭풍을 돕는 것입니다.

곤절로 아니, 진정하게.

갑판장 바다가 진정해야 진정하죠. 물러가세요! 요동치는 파도가 왕의 이름을 신경이라도 쓴답니까? 선실로 가세요. 제발 조용히 하시고 우리를 괴롭히지 마세요.

곤절로 누구 앞이라고 함부로 말하는가.

갑판장 나보다 소중한 사람은 없습니다. 그대는 궁정 대신이시니, 할 수 있거든 바람을 잠재우고 이 사태를 수습해 보세요. 그럼 우리는 더 이상 밧줄을 만지지 않을 작정이니, 힘을 발휘해 보시란 말입니다. 그럴 수 없다면 지금껏 살아 있는 것을 감사히 여기시고, 혹시 모를 불운한 사태에 대비해 선실에서 기도나 하시지요. 여보게들, 기운을 내게! 제발 비켜 주세요.　　　(퇴장)

곤절로 이 녀석을 보니 크게 위안이 되는군. 녀석은 물에 빠져 죽을 팔자는 아닌 것 같고, 보아하니 딱 교수형감이야. 운명의 여신이여, 이 녀석을 꼭 목 매달아 주시고, 무

용지물이 된 우리의 밧줄을 교수대의 밧줄로 쓰도록 해
주세요. 저 녀석이 교수형당할 팔자가 아니라면, 우리는
다 꼼짝없이 죽겠군.   (퇴장)

갑판장 다시 등장.

갑판장 제일 꼭대기 돛을 내려라! 빨리! 더 내려, 더! 배가
멈출 정도로까지 내려라. (무대 안쪽에서 외침 소리) 이
염병할 놈의 울부짖는 소리! 바람 소리나 우리 일하는
소리보다 더 요란하군.

서배스천, 앤토니오, 곤절로 다시 등장.

아니 또 왔어! 여긴 어인 일이십니까? 일하지 말고 빠져 죽
을까요? 다들 수장되고 싶은 겁니까?

서배스천 이 빌어먹을 녀석, 큰소리는! 무례하게 짖어 대는
인정머리 없는 개 같은 놈!

갑판장 그렇다면 직접 하세요.

앤토니오 뒈져라, 이 개 같은 놈! 빌어먹을 녀석, 누구 앞이
라고 큰 소리야. 빠져 죽을까 봐 겁내는 건 우리가 아니
라 너야.

곤절로 이 배가 밤 껍질처럼 약하고 달거리하는 계집아이처
럼 줄줄 샌다 해도, 내 장담하지만 저 녀석은 물에 빠져
죽을 팔자가 아닙니다.

갑판장 배를 바람 쪽으로 돌려라. 바람 쪽으로! 돛을 두 개
다 펼치고 배를 바다로 향하게 하라.

흠뻑 젖은 수부들 등장.

수부들 가망이 없으니 다들 기도나 하시오, 기도나! 가망이
없소!

갑판장 아니, 다 죽을 수밖에 없단 말이냐?

곤절로 왕과 왕자가 기도 중이시니 같이 기도합시다. 우리
도 같은 처지니까.

서배스천 이거 견딜 수가 없군.

앤토니오 술주정꾼들에게 완전히 목숨을 빼앗기게 생겼군.
이 턱주가리 넓은 녀석, 저 녀석이 열흘 정도 수장되어
있었으면 좋겠어!

곤절로 저 녀석은 분명 교수형을 당할 녀석입니다. 온 바다
가 결단코 아니라 하며 저 녀석을 집어삼키려 입을 크게
벌린다고 하더라도 말입니다.

(무대 안쪽에서 소란한 소리) 〈우리를 불쌍히 여기소서!〉
〈배가 갈라집니다, 갈라져!〉 〈처자식들아, 잘 있어라!〉
〈형님, 먼저 갑니다!〉 〈배가 갈라진다, 갈라져, 갈라진다고!〉

앤토니오 다들 왕과 함께 수장됩시다.

서배스천 왕에게 작별을 고합시다. (두 사람 퇴장)

곤절로 아무리 망대 무성하고 잡목과 잡풀이 우거져 있다
한들 마른 땅 한 평이면 이 드넓은 바다를 전부 내주겠

다. 하늘의 뜻대로 되겠지만, 기왕이면 마른 땅에서 죽
고 싶구나.   (퇴장)

제2장

(섬. 프러스퍼로의 움막 앞)

프러스퍼로와 미랜다 등장.

미랜다 아버지, 아버지의 마법으로 이런 거친 파도를
　　이 험한 바다에 요동치게 하셨다면, 파도를 잠재워 주세요.
　　하늘 턱밑까지 솟아 오른 바다가 번갯불을 끄지 않는다면,
　　하늘이 고약한 냄새 나는 검은 역청을
　　쏟아부을 것만 같아요. 오, 고통받는 저 사람들을 보니
　　제 마음도 아픕니다!
　　(틀림없이 훌륭한 사람들이 타고 있을) 저 기막힌 배가
　　산산조각이 났어요. 아, 외침 소리가 제 심장 한복판을
　　두드렸어요! 불쌍한 사람들, 다 죽었어요!
　　내가 힘센 신이나 되었으면, 저 바다가
　　근사한 저 배와 거기 타고 있던 승객들을
　　집어삼키기 전에
　　바다를 땅속으로 가라앉혔을 거예요.

프러스퍼로　　　　　　　　　　진정해라.
　　더 이상 놀라지 말고. 아무 일 없을 것이니

안심해라.

미랜다 오, 슬픈 날이여!

프러스퍼로 아무 일 없다니까.
이 모든 일은 사랑하는 너, 너만을 위해서
한 것이다. 네가 누구인지도 모르고, 내가
어디서 왔는지도 모르며, 이 프러스퍼로가
초라하기 그지없는 움막의 주인이라는
사실 말고는 온통 깜깜한 너를 위해서
이 모든 일을 한 거란다.

미랜다 그 이상 알고 싶다는 생각은
한 번도 든 적이 없었습니다.

프러스퍼로 이제 많은 것을 너한테
알려 줄 때가 되었구나. 손을 거들어
내 마법의 외투를 내 몸에서 벗겨 다오. 됐다.

(외투를 벗어 놓는다)

내 마법이여, 거기 있어라. 눈물을 닦고 안심해라.
저 무서운 난파 광경이
너의 측은지심을 흔들어 놓았구나.
하지만 내 마법으로 몹시 안전하게 미리 손을 써놓아
모두 멀쩡하단다. 저들이 비명을 질러 대고
바다에 뛰어드는 것을 네가 듣고 보았지만,
그 배에 탄 사람 모두
머리털 한 올 다치지 않았지.
이제 더 많은 얘기를 들려줄 테니 앉아라.

미랜다   아버지는 종종

제가 누군지 이야기를 시작하시다가는 중간에 그만두시고,

〈기다려라, 아직은 때가 아니다〉 하면서

제 질문에 아무 대답도 안 해주셨죠.

프러스퍼로   이제야 때가 되었으니

귀를 잘 기울이고 들어 봐라.

주목해서 들어라. 우리가 이 움막으로 오기 전을

기억할 수 있겠느냐?

너는 그때 채 세 살도 되지 않았으니

기억할 수 없겠지.

미랜다   아뇨, 분명 기억이 있습니다.

프러스퍼로   무슨 기억 말이냐? 다른 집이나 사람이

떠오르느냐? 기억에 남아 있는 그 어떤 것이든

그 모습을 내게 말해 보거라.

미랜다   너무 오래전이라

확실한 기억이라기보다는

마치 꿈과 같습니다. 저를 돌보던 여자들이

네다섯 명쯤 되지 않았는지요?

프러스퍼로   그래 그 이상이었지. 어떻게 이것이

네 기억에 남아 있는 걸까?

지나간 시간의 어두운 심연 속에서 또 무엇이 보이느냐?

네가 이곳으로 오기 전을 조금이라도 기억할 수 있다면

어떻게 이곳으로 오게 되었는지도 기억할지 모르겠구나.

미랜다   그 기억은 없습니다.

프러스퍼로   애야, 12년 전, 12년 전에
네 아버지는 밀라노의 공작이었고
막강한 군주였다.

미랜다   아버지가 제 아버지가 아니라는 말씀이세요?

프러스퍼로   네 어머니는 더없이 정숙한 사람이었는데
네가 내 딸이라고 하더구나. 네 아버지는
밀라노의 공작이었고, 너는 유일한 후계자이자
고귀한 공주로 태어났다.

미랜다   오, 맙소사!
그곳을 떠나오다니, 무슨 술수라도 있었습니까?
아니면 떠나온 것이 다행이었나요?

프러스퍼로   둘 다지, 둘 다.
네 말처럼 술수 때문에 그곳에서 밀려났지만
이곳에 온 것은 다행이었다.

미랜다   제 기억에는 남아 있지 않지만
제가 얼마나 아버지를 힘들게 했을지 생각하니
제 가슴이 미어집니다! 계속 말씀해 주세요.

프러스퍼로   내 동생이자 너의 숙부인 앤토니오에게 —
제발 정신 차리고 들어 다오, 동생이 그렇게
배신할 수 있다니! — 세상에서 너 다음으로
사랑하는 그에게
국사를 위임했었단다. 그 당시
밀라노는 공국 가운데서 으뜸이었고,
제일가는 공작인 프러스퍼로는 군주로서

평판이 자자했으며 인문학에 관해서는
비길 자가 없었다. 학문에 몰두하느라
나는 국사를 동생에게 맡기고
정치를 멀리하고
마법 연구에만 매진했다. 너의 못된 숙부가 —
내 말 듣고 있느냐?

미랜다   열심히 듣고 있습니다, 아버지.

프러스퍼로 청원을 들어주는 법과 그것을 거절하는 법,
누구를 승진시키고 누구의 힘을 제압해야 하는지를
알게 되고, 한때 내 사람이었던 이들을
자기 사람으로 돌리거나 마음을 바꿔 놓거나
그것도 아니면 새 직책을 주어서 국가 요직을
모조리 장악하고 온 백성을
자기 입맛대로 주무르다 보니, 그는 이제
내 권좌의 나무 등걸을 가린 넝쿨이 되어
내 푸른 생기를 다 빨아 먹었단다. 듣고 있느냐?

미랜다 듣고 있습니다.

프러스퍼로   다시 말하지만 주의 깊게 들어라.
나는 이렇게 세속적인 관심을 등한시하고서,
너무나 비밀스러운 것이어서
보통 사람들은 이해할 수 없는 그 연구로
혼자서 마음 수련에 몰두했다. 그로 인해
나는 사악한 동생의 악한 본성을 일깨웠고
나의 믿음은 선한 부모처럼, 내 믿음이

컸던 만큼이나 정반대로 큰 배신을
동생에게 잉태시켰다. 내 믿음은 정말
한도 끝도 없는 것이었다. 동생은
이렇게 내 국고와 국왕의 조세 징수권을
가지고 군주의 자리에 올라, 마치
거짓말을 반복하는 사람이
급기야 헛된 기억 속에서
거짓을 참이라고 믿어 버리게 되는 것처럼,
자신이 진짜 공작이라고 믿게 되었단다.
대리자의 자리에서 벗어나, 왕의 외양을 쓰고
군주의 모든 특권을 집행하다 보니, 동생의 야심은 커졌고 —
듣고 있느냐?

미랜다   아버지 이야기를 듣다 보면 귀머거리도 낫겠습니다.

프러스퍼로   대리자의 역할과 그 역할을 위임한 사람 사이에
아무런 구분을 두지 않고서 동생은 밀라노의
절대 군주가 되려고 했다. 불쌍한 나로 말하자면,
내게는 내 도서관이 충분히 넓은 공국인 셈이었다.
그는 이제 내가 통치를 할 수 없다고 생각하고,
권력에 목마른 나머지 나폴리 왕에게
해마다 조공을 바치고, 충성을 다하고,
그의 왕권에 자신의 왕권을 복속시키고, 지금껏 허리를
굽혀 본 적이 없는 공국을 — 아, 불쌍한 밀라노여! —
치욕스러운 예를 다하는 속국으로 만들었다.

미랜다   오, 맙소사!

프러스퍼로 그가 맺은 계약 조건과 그 결과를 잘 들어 보고
이게 과연 동생이 할 짓인지 말해 보거라.

미랜다 할머니를 고결한 분이 아니라고 생각한다면
저는 죄를 범하는 셈이겠죠. 훌륭한 어머니에게서도
나쁜 자식들이 태어나는 법이니까요.

프러스퍼로 자, 계약 조건을 들어 보렴.
나의 철천지원수인 이 나폴리 왕은
동생의 간청에 귀를 기울였단다. 그 간청이란
나폴리 왕이 속국의 예와
얼마인지 모를 조공을 받는 대가로
나와 내 가족을 즉각 축출하고
아름다운 밀라노를 모든 특권과 더불어
내 동생에게 양도하는 것이었지.
반란군을 소집하고 미리 계획해 놓은
어느 날 밤중에 앤토니오는 밀라노의
성문을 열고 칠흑 같은 어둠 속에서
고용된 하수인들을 시켜
나와 울고 있는 너를 그곳에서 쫓아냈다.

미랜다 아이고, 불쌍해라!
그때 얼마나 울었는지 저는 기억도 없으니
이제 다시 울어야겠네요.
눈을 비틀어 짜야 할 경우로군요.

프러스퍼로 조금만 더 들어 보면
지금 우리가 처한 상황을

이해하게 될 거란다. 그래야만 이 이야기가

뜻이 있게 되지.

미랜다   왜 그때 그자들은 우리를 바로

죽이지 않았나요?

프러스퍼로   좋은 질문이다, 애야.

얘기를 듣다 보면 당연한 질문이다. 나에 대한 백성들의

사랑이 너무나 커서 감히 그러지 못한 것이다. 감히

그 일에 피를 묻힐 수 없어서 그 사악한 속셈을

아름다운 색깔로 덧칠했지.

요컨대, 그들은 우리를 서둘러 조각배에 실어서

몇 리쯤 우리를 바다로 끌고 가서는, 미리 준비해 놓은

밧줄도 돛도 닻도 없고

선구도 갖추지 않은 채 다 썩어 가는, 쥐들마저

본능적으로 다 도망쳐 버린 그런 조각배에 우리를 싣고

포효하는 바다와 바람에 맡겨 버렸다. 우릴 불쌍히 여긴

바람은 우리의 한숨에 한숨으로 화답하며, 우릴 바다로

내몬 잘못을 범했지만, 동시에 우릴 살려 두는 선행도 보였다.

미랜다   아, 그때 제가 아버지께

얼마나 큰 짐이 되었을지!

프러스퍼로   아니, 너는 내 목숨을 부지해 준

천사였단다. 내가 비탄에 잠겨 신음하며

짠 눈물로 바다를 장식하고 있을 때

하늘이 보내 준 강인함이 깃든 미소를

너는 보여 주었지. 그 미소가 내 태반 아래 웅크리고 누워

뒤따를 역경을 견뎌 낼 수 있는 인내심을
내게 불러일으켰단다.

미랜다　　　　　우리는 어떻게 해안에 당도하게 되었나요?

프러스퍼로　신의 뜻이지.
당시 이 일을 관장했던
훌륭한 나폴리 사람 곤절로가
자비심에서 우리에게 마련해 준
약간의 음식과 마실 물이 있었단다. 그는 또한
화려한 옷과 무명천과 물건들과 필수품을 주었는데,
내내 무척 유용했단다. 그는 또한 착한 성품으로,
내가 책을 좋아한다는 사실을 알고는
공국보다 내가 더 소중히 여겼던 책들을
내 도서관에서 가져다주었지.

미랜다　　　　　　　　　그분을 뵐 수 있으면
좋으련만!

프러스퍼로　이제 나는 일어나야겠구나.
너는 가만히 앉아 바다에서 우리가 겪은 슬픔의
마지막 부분을 들어라. 우리는 이 섬, 이곳에 도착했다.
이곳에서 너의 선생인 나는, 빈둥대는 시간이 더 많은
다른 공주들의 선생이나 열심을 다하지 않는 교사들보다
더욱 유익하게 너를 가르쳤다.

미랜다　그 감사함 어찌 다할까! 그러면 아버지,
아직도 제 가슴이 놀라 뛰고 있는데, 이 바다에 폭풍을
일으킨 이유를 말씀해 주세요.

프러스퍼로   이 정도만 알아 두어라.

　　정말 우연히도 (이제 내가 섬기는)

　　관대하신 행운의 여신께서 내 적들을 이곳 해안으로

　　데려다주셨다. 내 운명의 정점이 상서로운 별에

　　의존한다는 것을 나는 미리 점괘로 알고 있었는데,

　　그 힘을 내가 붙잡지 못하고 놓치면

　　내 운명이 그 뒤로는 계속 곤두박질하게 될 터였다.

　　이제 질문은 그만두어라. 너는 졸린 것 같으니

　　이겨 내려 하지 말고 푹 자두어라.

　　자는 수밖에 도리가 없겠지.　　　　　　　(미랜다 잠든다)

　　이리 오너라, 이리, 에어리얼. 이제 나는 준비가 되었다.

　　가까이 오라, 에어리얼, 이리 오너라.

　　　　　　　　　　　에어리얼 등장.

에어리얼　　만수무강하소서, 주인님! 존경하는 주인님!

　　여기 대령했으니 분부 내리십시오. 공중을 나는 일이든

　　물속을 헤엄치는 일이든, 불속으로 들어가는 일이든,

　　말린 구름 위를 걷는 일이든, 주인님의 엄한 명령을

　　에어리얼과 그의 무리는 받들 준비가 되었습니다.

프러스퍼로   내가 너에게 명한

　　그 폭풍우를 너는 모두 정확하게 일으켰느냐?

에어리얼　　빠짐없이 다 했습니다.

　　왕의 배에 승선해서 이번에는 뱃전에

또 이번에는 중간에, 갑판에, 선실마다에
혼비백산할 불길을 놓았습니다. 때로는
몸을 쪼개서 여러 곳에서 불길을 지폈지요. 꼭대기 돛과
십자막대와 돛대에서 각각 불길로 나타났다가
한 몸으로 합치기도 했습니다. 무시무시한
천둥의 전령인 주피터의 번개도 이보다 힘차고
재빠르진 못했습니다. 유황 폭죽이
가장 막강한 바다의 신 넵튠을 포위해
그의 거친 파도를 떨게 하는 것 같았습니다.
정말이지 그의 무시무시한 삼지창이 흔들리는 것 같았지요.

프러스퍼로   잘했구나!
이 소동에 마음이 흔들리지 않을 정도로
강하고 굳센 사람이 있더냐?

에어리얼   다들 광인의 광기를 느꼈고
절망적인 행동을 했습니다. 선원들을 제외하고는
모두 바닷물 속에 뛰어들었고, 저로 인해서
불길에 휩싸인 배를 버렸지요. 앨론조 왕의 아들인
퍼디낸드는 머리카락을 온통 곤두세우고
— 그건 머리카락이 아니라 마치 갈대 같았는데 —
제일 먼저 바다에 뛰어들며 이렇게 외쳤습니다.
〈지옥의 악마들이 다 이곳으로 와서 지옥이 텅텅 비었군.〉

프러스퍼로   그래, 정말 잘했구나!
그런데 이게 해안 가까이에서였지?

에어리얼   무척 가까운 곳에서였습니다, 주인님.

프로스퍼로　다들 안전하겠지?

에어리얼　　　　　　　　머리카락 한 올 상하지 않았습니다.
그들이 입고 있던 의복 역시 조금도 더렵혀지지 않고
전보다 더 새 옷이 되었습니다. 주인님이 명하신 대로
그들을 삼삼오오 무리지어 섬 주변에 흩어 놓았습니다.
왕의 아들은 혼자 따로 상륙시켰습니다.
그는 섬의 한귀퉁이에 앉아서는
한숨을 푹푹 내쉬며
심각하게 팔짱을 끼고 있지요.

프로스퍼로　　　　　　　　왕이 타고 있던 배의 선원들과
선단의 나머지 배들은 어떻게 처리했는지
말해 보아라.

에어리얼　　　　왕의 배는 안전하게
항구에 정박해 있습니다. 언젠가 주인님께서
늘 소용돌이가 이는 버뮤다 군도에서 이슬을 가져오라며
한밤중에 저를 불러내셨던
그 깊숙한 섬 구석에다 그 배를 숨겨 놓았습니다.
노역에 지친 데다 제가 주문을 걸어서 선원들은 모두
갑판 아래 잠들어 있습니다. 제가 흩어 놓았던
나머지 배들은 다시 모여서
지중해 물결을 타고 고향 나폴리를 향해
슬픔에 잠긴 채 나아가고 있습니다.
왕의 배가 난파당하는 모습을 보았으니
그들은 왕이 돌아가셨다고 생각하는 거죠.

프러스퍼로   에어리얼, 임무를
완벽하게 수행했구나. 그러나 아직 할 일이 남았다.
지금 몇 시지?

에어리얼   정오를 지났습니다.

프러스퍼로   오후 2시는 되었지. 지금부터 6시까지의 시간을
우리 둘은 최고로 소중하게 써야 한다.

에어리얼   할 일이 더 있습니까? 이렇게 계속 일을 시키시니
주인님이 제게 한 약속을 아직 지키지 않으셨다는 사실을
일깨워 드려야겠습니다.

프러스퍼로   아니 뭐라고? 무슨 변덕이냐?
무엇을 원한단 말이냐?

에어리얼   자유를 주십시오.

프러스퍼로   아직 때가 되지 않았는데도? 더 이상 언급하지
마라!

에어리얼   부탁하건대
제가 충실한 종이었음을 알아 주십시오.
저는 거짓말을 한 적도 없고, 잘못을 저지르지도 않았으며,
불평불만 없이 시키시는 대로 다 했습니다. 1년을 통째로
감해 주겠다고 약속하셨지요.

프러스퍼로   내가 너를 어떤 고통에서 해방시켜 주었는지
잊었단 말이냐?

에어리얼   기억하고 있습니다.

프러스퍼로   잊은 것이 분명하군. 바다 밑 개펄을 밟고,
살을 에는 북풍을 타고, 서리로 뒤덮인

땅속에서 내 심부름을 하는 것이

대단한 일이라고 너는 여기고 있구나.

에어리얼   아닙니다, 주인님.

프러스퍼로   거짓말 하지 마라, 이 사악한 녀석아! 나이 들고
질투심으로 허리가 통처럼 굽은 사악한 마녀 시코락스를
네가 잊었단 말이냐? 잊어버렸어?

에어리얼   아닙니다, 주인님.

프러스퍼로   아니긴. 그녀가 태어난 곳이 어디인지 내게 말해
보거라.

에어리얼   알제리입니다.

프러스퍼로   그렇단 말이지? 네가 까먹고 있으니
네가 어떤 존재였는지를 한 달에 한 번씩
말해 주어야겠구나. 이 빌어먹을 마녀 시코락스는
차마 입에 올릴 수 없는 많은 해악과
끔찍한 마술 때문에 너도 알듯이
알제리에서 추방되었다. 딱 한 가지 때문에 목숨만은
살려 둔 것이다. 그렇지 않으냐?

에어리얼   맞습니다.

프러스퍼로   눈꺼풀이 푸르스름해진 이 마녀는 임신한
몸이었는데, 선원들이 이곳으로 데려와서 버렸다. 이제 나의
노예인 너는 네 입으로 말하듯 그때 그녀의 종이었다.
너는 그녀의 거칠고 끔찍한 명령을 따르기엔
너무나 가냘픈 정령이었기에
그녀의 큰 명령들을 거절했다.

그 죄로 마녀는 종잡을 수 없이 화가 나서
보다 강한 하인들의 도움을 받아
너를 쪼개진 소나무 안에다 가둬 버렸다. 그 틈새에 갇혀
너는 힘겹게 12년을 보냈다. 그동안에 마녀는 죽었고
너는 거기 그대로 갇힌 채 물레방아 바퀴 돌아가는 것 같은
신음 소리를 토해 냈지. 그때 이 섬에서는 그 마녀가
이곳에다 싸질러 놓은 아들 놈, 그 마녀에게서 태어난
얼룩진 개새끼를 제외하곤 사람의 그림자라고는
보이지 않았지.

에어리얼   맞습니다, 마녀의 아들 캘리번이죠.

프러스퍼로   그래, 어리석은 것. 내가 지금 종으로 부리고 있는
그 캘리번이 바로 그놈이야. 내가 너를 발견했을 때
네가 어떤 고통에 처해 있었는지는 네가 가장 잘 알지.
네 신음 소리는 늑대들을 울부짖게 했고, 언제나 화나 있는
곰의 심장마저 파고들었지. 그것은 시코락스마저
취소할 수 없는, 저주받은 자에게 부과된 고통이었다.
내가 당도해 너의 신음 소리를 들었을 때,
그 소나무의 아가리를 벌리고
너를 꺼내 준 것은 나의 마법이었다.

에어리얼   고맙습니다, 주인님.

프러스퍼로   만약 네가 계속 불평한다면, 참나무를 쪼개서
그 내장 깊숙한 곳에 너를 처넣고, 열두 번의 겨울을
울부짖음 가운데 보내게 해줄 것이다.

에어리얼   주인님, 잘못했습니다.

앞으로는 명령에 순종하고
조용히 정령으로 종노릇을 하겠습니다.

프러스퍼로   그렇게 해라. 그러면 이틀 후에
너를 자유롭게 해주마.

에어리얼   정말 훌륭한 주인이십니다!
무슨 일을 할까요? 분부만 내리십시오, 무슨 일을 할까요?

프러스퍼로 가서 바다의 요정으로 변신해
너와 나 말고는
누구의 눈에도 보이지 않게 해라.
어느 누구에게도 보여서는 안 된다. 가서 바다 요정의
모습을 하고 이리 오너라.
서둘러 가거라.   (에어리얼 퇴장)
애야, 일어나라, 일어나! 이제 충분히 잤구나.
일어나라!

미랜다   아버지의 이상한 이야기가
저를 잠들게 했습니다.

프러스퍼로   자, 이젠 졸음을 떨쳐 버려라.
고분고분한 대답이라고는 모르는
노예 캘리번에게 같이 가보자.

미랜다   그는 쳐다보기도 싫은
악당입니다.

프러스퍼로   그러나 사실은
우린 그 없이는 살 수 없단다. 그가 우리에게 불을 지펴 주고
장작을 가져오고, 우리에게 유익한 일들을 해주지.

여봐라! 종놈아! 캘리번!

너 천한 놈아! 대답해라!

캘리번　　(무대 안쪽에서) 안에 장작은 충분합니다.

프러스퍼로　　이리 나오란 말이다! 다른 시킬 일이 있다.

이 자라 같은 놈! 뭘 그리 꾸물거리느냐?

바다 요정 모습을 한 에어리얼 다시 등장.

근사하구나! 솜씨 좋은 에어리얼,

잘 들어라.

에어리얼　　주인님, 분부대로 하겠습니다.　　　　　　(퇴장)

프러스퍼로　　악마가 너의 어미와 붙어먹어서 생겨난

이 흉측한 노예 놈아, 어서 나와라!

캘리번 등장.

캘리번　　내 어머니가 까마귀 깃털로 해로운 늪지에서

쓸어 모았던 독한 이슬방울들이 너희 두 놈을

적실지어다! 남서풍이 너희에게 불어 닥쳐

온몸에 물집이나 생겨라!

프러스퍼로　　이 대가로 오늘 밤 너는 경련이 일고,

옆구리 통증으로 숨이 가빠질 것이다. 고슴도치 정령들이

긴긴 밤 내내 너를 괴롭힐 것이다. 네 몸은 벌집마냥

온통 찔려서 멍 들 것이고, 찔릴 때마다 벌침보다 더한

통증이 도를 더해 갈 것이다.

캘리번   나는 저녁을 먹어야겠으니 건드리지 마시오.
이 섬은 내 어머니 시코락스가 나에게 준 내 것인데
당신이 빼앗아 갔소. 당신이 처음 이곳에 왔을 때는
나를 쓰다듬고, 나를 소중히 여기고, 포도 알갱이들이 든
물을 나에게 주곤 했죠. 밤과 낮에 타오르는 큰 빛과
작은 빛의 이름을 가르쳐 주었고요. 그래서 나도 당신을
사랑했고, 섬의 보물들을 당신에게 다 보여 주었소.
민물 샘과 짠물 샘, 척박한 곳과 비옥한 곳 모두를.
그랬다니 미쳤지! 시코락스의 주문과 두꺼비와
딱정벌레와 박쥐의 저주가 그대에게 내리길!
처음에는 스스로 나의 왕이었던 내가
당신의 유일한 백성인데, 당신은 이 단단한 바위 속에다
그런 나를 돼지처럼 가둬 놓고 내게서 섬을
송두리째 빼앗아 갔소.

프러스퍼로   친절이 아니라 채찍을 들어야 말을 듣는
이 거짓말쟁이 종 놈아! 나는 더러운 너를
인간적인 보살핌으로 돌보았고 내 움막에다
재워 주었다. 네놈이 내 딸의 정조를
유린하려 들기 전까지는 말이다.

캘리번   호, 호! 그랬으면 좋았으련만!
당신이 나를 막지만 않았어도 이 섬은
캘리번의 자식들로 가득할 텐데.

미랜다   빌어먹을 새끼!

온갖 악만 받아들일 뿐 선한 흔적이라고는 도무지
찾아볼 수 없는 놈! 내 너를 불쌍히 여겨
네게 말을 가르치려 애썼고, 매 순간 이런 것 저런 것을
가르쳐 주었다. 이 야만인아, 네 뜻과 생각을
표현하는 방법을 몰라, 네가 가장 우둔한 금수처럼
꽥꽥 소리 지를 때, 네 생각을 알릴 단어들을
내가 일러 주었다. 그러나 사악한 종자인 너는
말을 배웠음에도 불구하고 선한 천성이
깃들 수 없는 놈이었다. 그러니
네놈에게는 감방도 과분해서
이 바위 속에 가두는 것이 마땅했다.

캘리번   당신들이 나에게 언어를 가르쳐 준 이점은
내가 저주하는 방법을 안다는 것이지. 나에게 당신들 언어를
가르쳐 준 대가로, 염병이나 걸려 뒈져 버려라!

프러스퍼로   마녀의 자식아, 꺼져라!
가서 땔감을 가져오너라. 빨리 다녀오는 것이
몸에 이로울 거다. 싫다는 말이냐, 이 악당아?
말을 듣지 않거나 싫은 내색을 보인다면, 잔뜩 오금이
저리게 할 것이고, 네 놈의 마디마디마다 쑤시게 할 것이고,
너의 신음 소리에 금수들도 떨게 할 정도로
대성통곡하게 만들어 줄 것이다.

캘리번   제발, 그러지 마시오.
(방백) 저자의 마법은 내 어머니가 섬겼던 신인 세테보스도
꼼짝없이 종으로 만들 정도로 막강한 것이니

말을 들어야겠군.

프러스퍼로   그렇다면, 어서 가라!   (캘리번 퇴장)

보이지 않는 에어리얼, 악기를 연주하고 노래하며 다시 등장.
퍼디낸드가 뒤이어 등장.

에어리얼의 노래

이 노란 모래사장으로 와서
서로 손을 잡으시오.
서로 절하고 입맞춤으로
거친 파도를 잠잠케 하고
이곳저곳 경쾌하게 춤추시오,
상냥한 정령들이여, 후렴을
받으시오. 들어 보시오, 들어 봐.
(무대 안쪽에서 후렴구가 흘러나온다) 멍멍.

에어리얼   (노래한다) 파수 보는 개들이 짖는다.
            (무대 안쪽에서 후렴구가 흘러나온다) 멍멍.

에어리얼   (노래한다) 들어 보시오, 들어 봐! 우쭐거리며 걷는
            수탉 울음소리 들리는구나.
            울어라. (무대 안쪽에서 후렴구) 꼬끼오.

퍼디낸드   이 음악은 어디서 들리는 걸까? 공중에서 아니면
            땅에서? 이젠 멈췄군. 분명 이 섬의 어떤 신을

시중들고 있는 소리로군. 바닷가에 앉아
부왕의 난파를 생각하며 울고 있을 때
이 음악이 파도에 실려 조용히 내 곁을 찾아와
그 달콤한 곡조로 파도의 광기와 내 슬픔을
달래 주었지. 거기서부터 나는 이 음악을 따라왔지,
아니 음악이 오히려 나를 이끌었지. 그런데 이제
그 소리는 사라져 버렸네. 아니야, 다시 들리는군.

에어리얼의 노래

그대 아버지는 5척 깊은 곳에 누워 계신다.
그의 뼈는 산호가 되었고
그의 눈은 진주가 되었다네.
그의 몸은 아무것도 썩지 않고
바다에서의 변화를 견뎌
더욱 진기한 것으로 변했다네.
바다 요정들이 매 시간 그의 조종을 울린다네.
(후렴) 딩, 동.

에어리얼   (노래한다) 들어 보시오! 종소리가 들린다, 딩, 동, 댕.
퍼디낸드   이 가사는 수장된 아버지를 생각나게 하는군.
    이것은 인간의 일이 아니고, 이 소리 또한
    지상의 것이 아니군. 이제는 공중에서 들리네.
프러스퍼로   네 눈의 술 달린 커튼을 걷어 올리고 저기 뭐가 보이는지 말해 보아라.

미랜다   저것이 뭐지요? 정령입니까?
맙소사, 사방을 둘러보는 저 모습 좀 봐! 정말이지, 아버지,
근사한 모습이군요. 그렇지만 정령이네요.

프러스퍼로   아니다, 애야. 저것은 우리와 똑같이 먹고 자고
똑같은 감각을 지녔단다. 네가 보고 있는 그 청년은
난파를 당했다. 그가 (아름다움의 병인) 슬픔으로
다소 망가지지만 않았다면, 그는 정말로 그럴듯한
인물이지. 그는 동료들을 잃어서
찾아 헤매고 있는 것이란다.

미랜다   저렇게 훌륭한 인간을
본 적이 없으니, 신령한 존재라
불러야겠군요.

프러스퍼로   (방백) 이제 보니 계획했던 대로
마법이 잘 먹혀들고 있군. 에어리얼, 훌륭한 정령이여!
이 대가로 내 이틀 안에 너를 해방시켜 주마.

퍼디낸드   분명 이 곡조는
저 여신의 시중을 들고 있는 소리야! 기도하노니
그대가 이 섬에 살고 있는지 알려 주소서.
내가 이곳에서 어떻게 처신해야 하는지도
가르쳐 주소서. 마지막으로 묻건대 내 으뜸 질문은
이것이오. 오, 그대 경이로운 자여,
그대는 처녀입니까, 아닙니까?

미랜다   경이로운 자는 아니나

분명 처녀입니다.

퍼디낸드   세상에! 내 언어라니!
조국에서라면 나는 이 언어를 쓰는 사람들 가운데서
가장 높은 인물이랍니다.

프러스퍼로   아니, 가장 높다니?
나폴리 왕이 자네 말을 들었다면, 자네는 어떻게 되었을까?

퍼디낸드 그대가 나폴리를 언급하는 것을 듣고서 놀라는
지금의 나와 같은 마음일 것입니다. 왕은 내 말을 듣고 있소.
그 사실에 나는 눈물이 납니다. 내가 바로 나폴리 왕이오.
내 눈으로 직접 부왕이 난파당하는 것을 보았고, 그 뒤로
항상 만조처럼 눈에서 눈물이 마르지 않았습니다.

미랜다   아이고, 맙소사!

퍼디낸드 사실입니다. 대신들과 함께였죠. 밀라노의 공작과
그의 훌륭한 아들도 헤어졌습니다.

프러스퍼로   (방백) 지금이 적절한 때라면,
밀라노의 공작과 그의 더 훌륭한 딸이
그대 말을 반박할 수 있었겠지.
첫눈에 둘은 눈빛을 교환했지. 솜씨 좋은 에어리얼,
이 대가로 자유를 주마. (퍼디낸드에게) 여보게, 한마디만.
자네가 주제 넘은 것 같으니 한마디만 들어 보게나.

미랜다 아버지가 왜 저리 불친절하게 말하시지? 이 사람이
내가 본 세 번째 남자이지만, 지금껏 측은하게 여겨 본
첫 번째 남자인데. 아버지도 나와 마찬가지로
그를 측은히 여겨 주셨으면.

퍼디낸드   그대가 만약 처녀이고
다른 데 마음을 주지 않았다면,
그대를 나폴리 왕의 왕비로 삼고 싶습니다.

프러스퍼로   여보게, 그만! 한 마디만 더 하세.
(방백) 둘 다 서로에게 완전히 끌려 있군. 그러나
쉽게 얻으면 소중한 줄을 모르니까 이 재빠른 사랑을
어렵게 해놔야겠어. (퍼디낸드에게) 한마디만 더 하세.
자네에게 명령하니 내 말을 들어 보게. 자네는 이곳에서
왕을 사칭하며 내게서 이 섬을 빼앗고
이 섬의 주인이 되려고
첩자로 이 섬에 상륙한 사람이야.

퍼디낸드   맹세코 아닙니다.

미랜다   저렇게 훌륭한 신전에 사악한 것이 깃들 수는 없어요.
악마가 저토록 근사한 집을 가졌다면
선한 것들이 그곳에 살려고 애쓸 것입니다.

프러스퍼로   내 말을 믿어라.
저자는 반역자이니 그를 옹호하려고 하지 마라. 자,
자네의 목과 발을 한데 묶어야겠군.
자네는 바닷물을 마셔야 하고,
민물조개와 마른 뿌리와 도토리가 든 껍질들을
먹어야 할 거야. 따라 오게.

퍼디낸드   안 가겠습니다.
제가 지기 전엔 그런 푸대접은
거절하겠습니다. (칼을 뽑지만 마법에 걸려 움직이지 못한다)

38

미랜다   아, 아버지,

저이는 양반이고 겁이 없으니

너무 서둘러 그이를 시험하지 마세요.

프러스퍼로   아니! 내 수족이 나를

가르치려 들어? 반역자여, 칼을 거두어라.

호기를 부리지만 감히 내리치지 못하는 것을 보니

죄책감에 사로잡혀 있나 보군. 자, 칼을 내려놓아라.

나는 여기 가만히 서서 이 지팡이로 너를 무장 해제하고

너의 칼을 떨어뜨리게 할 수 있으니.

미랜다   아버지, 부탁이에요.

프러스퍼로   저리 가거라! 옷자락을 붙잡지 마라.

미랜다   아버지, 자비를 베푸세요.

제가 저이의 신원을 보증할게요.

프러스퍼로   조용히 해라! 한 마디만 더 했다간

증오는 아니라도 핀잔을 받게 될 것이니. 아니 이런!

사기꾼을 옹호하다니! 닥쳐라!

너는 지금껏 저자와 캘리번만을 보았으니

저런 인간이 또 없다고 생각하겠지. 어리석은 것!

대부분의 남자들에 비하면, 이자는 캘리번 같은 존재이고,

이자에 비하면, 대부분의 남자들은 천사란다.

미랜다   그렇다면 저의 사랑은

더없이 평범합니다. 저는 이자보다 더 근사한 남자를

만나 볼 생각이 없습니다.

프러스퍼로   자, 내 말을 듣게나.

자네는 이제 다시 어린아이처럼 약해져서
근육에 힘이 빠졌네.

퍼디낸드　　　　　　　정말 그렇군요.
마치 꿈속에서처럼 도무지 힘을 쓸 수가 없네요.
내 감옥 창문을 통해 하루에 한 번씩
이 처녀를 볼 수만 있다면,
아버지의 실종, 나의 이 무력감,
친구들의 난파, 이자의 협박쯤은 나에게는
아무것도 아니지. 자유로운 자들더러
세상 다른 모든 곳을 차지하라지. 그런 감옥이라면
그것으로 나는 충분하니까.

프러스퍼로　(방백) 마법이 잘 듣는군. (퍼디낸드에게) 자, 가자.
(에어리얼에게) 잘했다, 훌륭한 에어리얼! 따라오너라.
너의 다른 일거리를 잘 들어라.

미랜다　　　　　　　　　걱정하지 마세요.
아버지는 말씀하시는 것보다는
더 좋은 분입니다. 이런 식으로
말하던 분이 아니었어요.

프러스퍼로　　　　　산바람처럼 너는
자유롭게 될 것이다. 그 전에 내가 명하는 것들을
빠짐없이 해놓아라.

에어리얼　　　　여부가 있겠습니까.

프러스퍼로　자, 가자. 저자를 대변할 생각은 말아라.

　　　　　　　　　　　　　　　　　　　(모두 퇴장)

제2막

제1장

(섬의 다른 곳)

앨론조, 서배스천, 앤토니오, 곤절로, 에이드리언, 프랜시스코,
다른 사람들 등장.

곤절로   청컨대, 폐하, 슬퍼하지 마소서. 폐하나 우리 모두
　　즐거워할 이유가 있습니다. 우리가 살아 남은 것이
　　잃은 것보다 훨씬 크니까요. 고뇌의 상황은
　　도처에 널려 있어, 매일같이 어떤 수부의 아내,
　　상선의 선장들, 상인들도 우리와 마찬가지로
　　고뇌를 겪습니다. 그러나 기적이 아니라면,
　　제 얘기는 우리의 생존 말인데요, 우리처럼
　　살아 남아서 이야기할 수 있는 사람들을
　　거의 찾아볼 수 없지요. 그러니 폐하,
　　우리의 슬픔을 위안과 견줘 보십시오.

앨론조   제발, 조용히 하시오.

서배스천   (앤토니오에게 방백) 왕은 위로를 식어 빠진 죽처럼
　　받아들이는군.

앤토니오   (서배스천에게 방백) 심방 목사가 왕을 저 상태로
　　가만두지는 않을 겁니다.[1]

서배스천   (앤토니오에게 방백) 보세요, 곤절로가 기지의 태엽
　　을 감고 있어요. 이윽고 종이 울릴 겁니다.

곤절로   폐하.

서배스천   (앤토니오에게 방백) 1시를 쳤습니다, 세어 보세요.

곤절로   주어지는 슬픔을 죄다 받아들이면,
　　받아들이는 자에게 생기는 것은 ─

서배스천   1달러.

곤절로   맞습니다, 그에게는 슬픔이 닥칩니다.[2] 용케도 바른
　　말을 하셨습니다.

서배스천   경은 생각보다 현명하게 내 말을 받아들였소이다.

곤절로   그러니 폐하 ─

앤토니오   정말 말이 많은 친구로군!

앨론조   제발, 가만히들 계시오.

곤절로   얘기는 다 했습니다만, 그러나 ─

서배스천   계속 지껄이는군.

앤토니오   내기하시죠, 곤절로와 에이드리언 중에서 누가 먼

---

1 곤절로를 슬픔을 당한 신도를 위로하기 위하여 방문하는 교구 목사에
비유했다. 이하 모든 주는 옮긴이의 주이다.
2 〈달러dollar〉와 〈슬픔dolour〉의 발음이 유사함을 이용한 말장난.

저 목청을 울릴까요?

서배스천 늙은 수탉이지요.

앤토니오 어린 수탉이오.

서배스천 좋습니다. 판돈은?

앤토니오 웃음이오.

서배스천 성사되었소!

에이드리언 비록 이 섬이 황량해 보이고 ─

앤토니오 하, 하, 하!

서배스천 이제 판돈을 챙기셨습니다.

에이드리언 사람이 살 수 없고 거의 접근이 불가능한 곳이지
만 ─

서배스천 그렇지만 ─

에이드리언 그렇지만 ─

앤토니오 저 친구는 이 말을 하게 되어 있었소.

에이드리언 이 섬은 틀림없이 기후가 온화하고 따뜻하고 부
드럽지요.

앤토니오 기후란 부드러운 여인의 이름이지요.[3]

서배스천 맞습니다. 그가 확언한 것처럼 또한 경험 많은 여
인이지요.

에이드리언 이곳의 공기는 우리에게 달콤한 숨을 내뿜는 것
같습니다.

서배스천 공기에 폐라도 달린 듯이, 그것도 썩은 폐가 달린

3 〈기후-*temperance*〉가 〈정조, 절제〉의 뜻을 지니고 있어 말장난을 치고
있다.

듯이 말하는군.

앤토니오 아니면 늪지의 냄새를 품은 듯이.

곤절로 이곳엔 살기에 유용한 것이 다 있습니다.

앤토니오 맞소. 살 방도만 제외하곤.

서배스천 살 방도는 거의 없는 거나 마찬가지지요.

곤절로 풀이 얼마나 부드럽고 싱싱한지요! 얼마나 푸르고요!

앤토니오 땅은 정말 누렇고.

서배스천 푸른 초지는 눈곱만큼이고.

앤토니오 노인네가 눈도 밝군그래.

서배스천 그러게요. 다만 진실을 전혀 못 보고 있을 뿐.

곤절로 진짜 놀라운 일은, 정말로 믿을 수 없을 정도인데 ―

서배스천 놀랍다고 인정된 일들이 그런 법이지.

곤절로 우리의 의복이 바닷물에 흠뻑 젖었음에도 불구하고, 짠물로 더럽혀지기는커녕 마치 새로 물감을 들인 듯이 멀쩡하니 빛깔이 곱다는 사실입니다.

앤토니오 저 노인네 옷 호주머니에 입이 달렸다면 새빨간 거 짓말이라고 대꾸하지 않을까?

서배스천 그렇겠지요. 아니면 그 말을 은밀하게 호주머니 속에 감춰 버리겠지요.

곤절로 제 생각엔 폐하의 따님 클래리벌 공주님과 튀니스 왕의 결혼식 때 아프리카에서 우리가 처음 입었을 때와 마찬가지로 옷들이 새것 같습니다.

서배스천 행복한 결혼식이었지, 그리고 우린 문제없이 잘 돌 아가는 중이고.

에이드리언 튀니스 왕국이 그런 훌륭한 왕비를 맞아들인 유례가 없지요.

곤절로 과부였던 디도 여왕[4] 이후로는 그렇지요.

앤토니오 과부라고! 맙소사! 왜 저 〈과부〉라는 말이 끼어든 것이오? 과부 디도라!

서배스천 저 영감이 〈홀아비 아이네아스〉라고도 말했다면 어땠을까요? 맙소사, 그 말을 이런 식으로 받다니!

에이드리언 방금 〈과부 디도〉라고 했습니까? 그건 생각 좀 해봐야겠군요. 디도는 튀니스가 아니라 카르타고 사람이죠.

곤절로 튀니스가 카르타고입니다.

에이드리언 카르타고라고요?

곤절로 그렇다니까요.

앤토니오 저자의 말은 기적을 행하는 암피온의 수금보다 더하군.[5]

서배스천 저자는 성벽도 세우고 가옥도 지었소.

앤토니오 다음번엔 무슨 불가능한 일을 손쉽게 해낼까요?

서배스천 내 생각엔 이 섬을 호주머니에다 넣어 집에 가져가서 아들에게 사과라며 줄 것 같소.

앤토니오 거기다가, 그 씨앗들을 바다에 뿌려 더 많은 섬들을 만들어 내고.

---

4 그리스 로마 신화에 등장하는 카르타고 왕국의 아름다운 여왕으로, 로마를 건설한 영웅인 아이네아스와 사랑에 빠졌다가 버림받아 자살했다.

5 그리스 로마 신화에 따르면, 암피온의 음악에 맞추어 돌들이 움직여 테베의 성벽을 쌓았다고 한다.

곤절로 맞아요.

앤토니오 때마침 잘 말했군.

곤절로 폐하, 저희는 이젠 왕비가 되신 공주님의 결혼식이
있었던 튀니스에서 입었던 것과 마찬가지로 의복이 지
금도 새 옷 같아 보인다고 이야기하고 있었습니다.

앤토니오 그리고 공주님이 튀니스에서 맞이한 왕비 중 가장
훌륭한 왕비라고 했지요.

서배스천 〈과부 디도를 제외하고〉라고 했죠.

앤토니오 아, 과부 디도라! 그래요, 과부 디도.

곤절로 폐하, 제 웃옷이 처음 입었을 때처럼 새것이지 않습
니까? 제 말씀은, 비교적 말입니다.

앤토니오 〈비교적〉이라는 말을 잘도 낚았군.

곤절로 공주님 결혼식에서 입었을 때 말입니다.

앨론조 듣기 싫은 말을 귀에 딱지가 앉도록
해대고 있군. 딸을 그곳에 시집보내지만 않았더라면
좋았을 것을! 그곳에서 돌아오다가
아들을 잃었고, 내 생각엔 딸도 잃은 셈이오.
이탈리아에서 너무 멀리 떨어져 있어
다시는 보지 못할 테니까. 아, 나폴리와 밀라노의
후계자인 내 아들아, 무슨 고기의
밥이 되었단 말이냐?

프랜시스코 폐하, 왕자님은 살아 계실 겁니다.
왕자님이 파도에 올라타 파도를 가르는 것을
제가 보았습니다. 왕자님은 몰려드는 파도를

물리치며 수영을 했고, 밀려오는 큰 파도를
가슴으로 헤쳐 나갔습니다. 자신을 덮치려는
파도 위로 머리를 치켜들고서, 해안을 향해
힘차게 팔을 저으며 헤엄쳐 갔습니다.
파도에 깎인 바닥 위로 구부정하게 고개 숙인
해변이 왕자님을 맞이하는 듯했습니다. 틀림없이
왕자님은 살아서 육지에 당도했을 것입니다.

앨론조   아니오, 아니야. 그 애는 죽었소.

서배스천 폐하, 공주님을 유럽에 시집보내지 않고
아프리카인에게 내준 데서 생긴 이 손실을
폐하 자신에게 감사하시지요.
이별이 슬퍼 우셔야 할 이유가 충분한 폐하의 안중에서
공주님은 적어도 추방되었으니까요.

앨론조   제발, 그만하시오.

서배스천 저희가 모두 폐하께 그렇게 하지 마시라고
무릎 꿇고 빌었습니다. 공주님 본인도 불복과
복종 사이에서 어느 쪽으로 저울추를 기울일까
고민했습니다. 말씀드리기 힘들지만 우리는
왕자님을 영영 잃었습니다. 밀라노와 나폴리에는
이번 일로 인해 돌아와 위안해 줄 남편들보다
더 많은 수의 과부들이 생기게 되었습니다.
이게 다 폐하의 잘못입니다.

앨론조   가장 아까운 손실도 역시 내 잘못이오.

곤절로 서배스천 경,

말씀은 사실이나 너무 심한 말씀이고,

때도 적절치 않습니다. 경은 고약을 발라 줘야 할 때

오히려 상처를 문지르고 계십니다.

서배스천   지당한 말씀이군.

앤토니오 매우 의사다운 말씀이로군요.

곤절로 폐하, 폐하께서 수심에 잠기시면

　저희는 모두 저기압이 됩니다.

서배스천   저기압이라고?

앤토니오   매우 심하게.

곤절로 폐하, 이 섬이 제 식민지라면 —

앤토니오 거기다 쐐기풀 씨를 심겠지.

서배스천   아니면 참소리쟁이나 당아욱 같은 잡초를.

곤절로 제가 이 섬의 왕이라면 무얼 하면 좋을까요?

서배스천 술이 없으니 취할 일은 없겠군.

곤절로 새 공국에서 저는 만사를 관습과는 반대로

　처리할 것입니다. 어떤 교역도 허용하지

　않을 것이며, 판관의 이름도 학문도

　필요 없을 것이며, 부와 빈곤, 하인이 필요한 일도

　없을 것입니다. 계약, 재산 상속,

　땅의 경계, 경작지, 포도밭도 없고요.

　금속, 옥수수, 술, 식용유도 소용없을 것이며,

　직업도 없어져서 모든 남자들은 다들 빈둥거리고,

　여자들 역시 마찬가지이지만 순결하고 깨끗할 것입니다.

　군주도 없을 것이며 —

서배스천　　　　　　저러면서 본인이 이 섬의 왕이 되겠다고.

앤토니오　　그의 공국 끝부분이 첫 부분을 망각하는 것이지요.

곤절로　　자연은 땀 흘리거나 수고하지 않고
　　모든 공유재를 생산할 것입니다. 반역, 대역죄,
　　대검, 창, 칼, 총 혹은 다른 어떤 무기도
　　저는 허용치 않을 것이고요. 자연이
　　제 순진한 백성을 먹여 살릴 것들을
　　차고 넘치게 갖다 줄 것입니다.

서배스천　　그의 백성들은 결혼도 안 한다는 말인가?

앤토니오　　그렇지. 다들 빈둥거리는 창녀와 악한들뿐인 거지.

곤절로　　황금시대를 능가하여 완벽하게
　　통치할 생각입니다.

서배스천　　　　　　폐하 만세!

앤토니오　　만수무강하소서, 곤절로.

곤절로　　　　　　　　폐하, 제 얘기 듣고 계십니까?

앨론조　　제발 그만하시오. 내게는 다 헛소리요.

곤절로　　지당하신 말씀이십니다. 허파가 민감하고 예민해서
　　아무것도 아닌 일에 항상 웃곤 하는 이 양반들을 위해
　　웃기려고 한 얘기입니다.

앤토니오　　그댈 두고 우리가 비웃은 겁니다.

곤절로　　이 유쾌한 장난에서 저는 경들에게 아무것도 아니니,
　　계속해서 아무것도 아닌 것을 비웃으셔도 좋습니다.

앤토니오　　한 방 잘도 먹이는군!

서배스천　　칼등으로 치지 않고 제대로 먹였으면 좋으련만.

곤절로 경들은 훌륭한 기개를 지녔으니, 만약 달이 변하지
    않고 5주 동안 같은 궤도를 돈다면, 그 달을 궤도에서 뽑
    아내 버릴 테지요.

보이지 않는 에어리얼이 느리고 엄숙한 음악을 연주하며 등장.

서배스천 그렇지요. 그 달을 뽑아 들고 잠든 새를 잡으러 갈
    겁니다.

앤토니오 경, 화내지 마세요.

곤절로 화를 낼 리가 있겠습니까. 그런 식으로 제 평판을 위
    험에 처하도록 해서는 안 되죠. 제가 무척 졸리니, 저를
    웃겨서 잠들게 해주시겠습니까?

앤토니오 주무실 채비를 하고 우리가 웃는 소리를 들으시죠.
            (앨론조, 서배스천, 앤토니오를 제외하고 모두 잠든다)

앨론조 아니, 다들 이렇게 쉽게 잠들다니! 저들처럼
    내 눈도 감겨 생각을 잠재울 수 있다면 좋으련만.
    눈꺼풀이 내려앉는구나.

서배스천 폐하, 주무십시오.
    졸음을 물리치지 마소서.
    졸음은 슬픔을 찾아오지는 않는 법이니
    잠을 잘 수 있다는 것은 위안입니다.

앤토니오   폐하, 저희 둘이
    주무시는 동안 보초를 서서
    폐하를 안전하게 지켜 드리겠습니다.

앨론조   고맙소. 신기하게 졸리는군.

> (앨론조 잠든다. 에어리얼 퇴장)

서배스천   다들 홀린 듯이 깊은 잠에 빠졌군!

앤토니오   기후 탓인가 봅니다.

서배스천   그렇다면 왜

우리 눈은 감기지를 않죠? 나는 전혀

졸리지 않아요.

앤토니오   나도 마찬가지입니다. 기운이 팔팔해요.

다들 약속이나 한 듯이 곯아떨어졌군요.

번개를 맞은 듯이 고꾸라졌습니다. 용감한 서배스천이여,

무엇을, 아 무엇을? 아니, 그만두지요. 그렇지만

내 생각에 그대 얼굴에 그대가 장차 무엇이 될 것인지

쓰여 있는 것 같소. 기회가 왔으니 잡으라고 하는 것 같고,

그대 머리 위로 왕관이 내려오는 모습이

내 생생한 환상 속에 보입니다.

서배스천   아니, 그대는 깨어 있는 게 맞소?

앤토니오   내 목소리가 들리지 않으십니까?

서배스천   들리는데 분명 졸린 목소리이고

그대는 잠꼬대를 하고 있어요. 방금 뭐라고 하셨소?

눈을 뜨고 자다니 이건 신기한 휴식이군요.

서서 말하고 움직이고 그러면서도

이렇게 깊이 잠들다니 말입니다.

앤토니오   훌륭한 서배스천,

그대는 그대의 행운을 잠들게, 아니 죽게 하는군요.

깨어 있으면서도 눈을 감아 버리네요.

서배스천   그대는 잠꼬대를 하는 게 분명한데,
잠꼬대가 의미심장하군요.

앤토니오   나는 지금 전에 없이 심각합니다. 내 얘기를 들으면
그대도 마찬가지일 것입니다. 내 말대로 한다면
그대는 세 배나 위대해질 것이오.

서배스천   글쎄요, 나는 고인 물이라서.

앤토니오   내가 흐르는 법을 가르쳐 드리지요.

서배스천   그래 주시오.
타고난 게으름 때문에 늘 주저한답니다.

앤토니오   아,
비웃고 계시지만, 그대의 본마음은 다르다는 것을
알고만 계신다면 좋으련만! 속뜻을 드러내면서
오히려 더 숨기려 하다니! 운이 기우는 사람들은
정말이지 자신들의 두려움이나 게으름 때문에
거의 밑바닥을 기는 자들입니다.

서배스천   부디, 얘기를 계속하시오.
그대의 단호한 눈빛과 뺨을 보니 무언가
중요한 일이군요. 정말이지 얘기를 꺼내기가
무척 어려운가 봅니다.

앤토니오   얘기인즉 이렇습니다.
땅에 묻히면 기억에서 사라지게 될
기억이 희미해져 가는 이 양반 곤절로가
왕에게 아들이 살아 있다고 거의 설득시켜 놓았지요.

그는 설득이 일인 사람이고, 설득의 명수입니다.

여기 잠들어 있는 사람이 수영을 하는 것과 마찬가지로

왕자가 익사하지 않았다는 것은

불가능한 일인데도 말입니다.

서배스천   왕자가 익사하지 않았다는

희망은 가질 수 없죠.

앤토니오   아, 그 〈희망은 가질 수 없다〉라는 말이

그대에게는 얼마나 큰 희망인지요! 한 사람에게

희망이 없다는 것이 다른 사람에겐 너무나 큰 희망이기에,

야심가는 그 희망 너머 다른 것을 볼 수도 없고,

보고 있는 것마저 의심합니다. 퍼디낸드가 익사했다는 데는

나와 같은 생각이시죠?

서배스천   그는 죽었소.

앤토니오   그렇다면 말해 보세요.

나폴리의 다음 후계자는 누구입니까?

서배스천   클래리벌이지요.

앤토니오   그녀는 튀니스의 왕비로 평생 걸려야 갈 수 있는

10리그[6] 밖 먼 곳에 살고, 태양이 소식을 전해 주지 않는 한

— 달 속의 인간은 너무 느려 터졌으니 —

고국 나폴리 소식은 알 수가 없소. 그것도 갓난아이의 턱에

거친 수염이 자란 후에야 가능할 일이겠지요.

그녀의 결혼식에서 돌아오다 난파당한 우리는, 비록 몇몇은

다시 해안으로 쓸렸지만, 과거는 서곡에 불과한 연극을

6 거리의 옛 단위. 1리그는 약 4킬로미터에 해당한다.

상연할 운명이었소. 그러나 장차 일어날 일은
그대와 내가 해내야 할 몫이지요.

서배스천   이게 무슨 헛소리요! 무슨 말을 하는 거요?
형님의 딸이 튀니스의 왕비인 것은 맞는 말이고,
나폴리의 후계자란 말도 사실이오. 두 지역 간에
거리가 상당한 것도 사실이고.

앤토니오   그 먼 거리의 한 뼘 한 뼘이
이렇게 외치는 것 같군요. 〈클래리벌이 우리를 밟고 넘어
나폴리로 갈 수 있을까? 그냥 튀니스에 머물라 하고,
서배스천이나 깨우지.〉 지금 곯아떨어져 있는 자들이
죽었다고 가정해 봅시다. 죽은 거나 잠든 거나
거반 마찬가지니까요. 잠든 폐하만큼이나 나폴리를
잘 통치할 수 있는 사람들이 있습니다. 이 곤절로만큼이나
불필요한 얘기를 잘 주절거릴 수 있는
대신들도 있지요. 나 자신도 시끄러운 까마귀를
곤절로처럼 수다쟁이로 만들 수 있고요. 아, 그대가
지금의 내 마음만 같다면! 다들 잠든 이 기회야말로
그댈 위한 절호의 출셋길이지요! 내 말 이해하시겠습니까?

서배스천   그런 것 같소.

앤토니오   그렇다면 이 행운을
어떻게 잡으실 생각이십니까?

서배스천   그대가 그대의 형인 프러스퍼로를 내쫓았던 일을
기억하고 있소.

앤토니오   그랬지요.

이 옷들이 제 몸에 얼마나 잘 맞는지 보세요.

전보다 훨씬 어울립니다. 형님의 종들이 전에는

나의 동료였지만, 지금은 내 부하지요.

서배스천   그러나 양심이 있지 않소.

앤토니오   아니, 양심이 어디 있단 말입니까? 그게 발의

동상이라면, 덧신을 신으면 되지요. 그렇지만 내 가슴속에

이 양심이라는 신이 있다고 느껴지진 않습니다.

나와 밀라노 사이에 스무 개의 양심이 서 있다 해도

나를 가로막기 전에 설탕 과자처럼 녹아 버릴 것입니다!

여기 당신 형님이 그가 잠들어 있는 땅이나 진배없이

누워 있습니다. 죽은 것인 양 잠들어 있습니다.

내 이 말 잘 듣는 3인치의 칼로 그를 영원히

잠들게 할 수 있습니다. 내가 하는 것처럼 그대는

우리의 거사를 비난하지 못하도록 이 늙은 한입거리 양반,

이놈의 조신 씨Sir Prudence를 영원토록

눈 감겨 버릴 수 있을 것입니다. 나머지 것들은 고양이가

우유를 핥듯이 우리의 유혹을 받아들일 것입니다.

그들은 우리가 제안하는 모든 일에

때마침 좋은 일이라며 맞장구를 칠 것입니다.

서배스천   친구여, 그대의 경우가

나의 선례가 될 것이오. 그대가 밀라노를 얻은 바대로

나도 나폴리를 갖겠소. 칼을 빼시오. 단칼에 그대는

조공 납부를 면하게 될 것이오.

나는 왕이 되어 그대를 소중히 여기겠소.

앤토니오   같이 칼을 뺍시다.
내가 손을 들어 올리면, 그대도 똑같이 해서
곤절로를 내리치시오.

서배스천   아, 그 전에 한 마디만.

                                (비켜서서 둘이 얘기한다)

            보이지 않는 에어리얼이 음악을 연주하고
                노래를 부르며 다시 등장.

에어리얼   내 주인님은 마법으로 친구인 그대들이 위험에
    처했음을 예견하고, 당신들 목숨을 살리려고 나를 보냈다.
    안 그러면 자신의 계획이 무산되니까.

                        (곤절로의 귀에다 대고 노래한다)

        여기서 그대 코 골고 주무시는 동안
        두 눈 부릅뜬 모반이
        기회를 잡지요.
        목숨이 아깝다면
        잠을 털어 버리고 조심하세요.
        일어나세요! 일어나!

앤토니오   자, 그러면 우리 둘 다 서두릅시다.

곤절로   (깨어나며) 하늘의 천사들이여,
    왕을 지켜 주소서!   (다른 사람들도 깨어난다)

앨론조   아니, 무슨 일이오? 거기 일어났소? 무슨 영문으로
    그대들은 칼을 빼 들고 있소? 왜 이리 혼이 나간 표정들이지?

곤절로   무슨 일이십니까?

서배스천 폐하가 잠드신 동안 우리가 보초를 서고 있었는데,
바로 전에 황소나 사자 울음소리 같은 것이 허공을 가르는
소리를 들었습니다. 그 소리 때문에 깨신 것이 아닙니까?
귀청이 찢어지는 것 같았습니다.

앨론조   난 아무 소리도 못 들었소.

앤토니오 아, 그것은 악마의 귀도 놀라게 하고
지진을 일으킬 정도의 굉음이었습니다! 분명 그것은
한 무리의 사자 울음소리였습니다.

앨론조   곤절로, 그대는 들었소?

곤절로 맹세코 폐하, 제가 들은 것은 콧노래 소리였는데,
그것도 기묘한 노래였고, 그것이 저를 깨웠습니다.
제가 폐하를 흔들면서 소리쳤지요. 제가 눈을 떠보니
저들이 칼을 빼 들고 있었습니다. 소리가 들렸던 것은
사실입니다. 경계를 하든지 이곳을 뜨는 것이
상책입니다. 다들 칼을 뺍시다.

앨론조 이곳을 떠나서 내 불쌍한 아들을
좀 더 찾아봅시다.

곤절로 하늘이시여, 이 야수들로부터 왕자님을 지켜 주소서!
왕자님은 분명 이 섬 안에 계십니다.

앨론조   먼저 앞장서시오.

에어리얼 프러스퍼로 주인님이 나를 칭찬하시겠지.
자, 왕이여, 이제 안전하게 아들을 찾아 나서세요.   (퇴장)

제2장

(섬의 다른 곳)

캘리번이 나뭇단을 들고 등장. 천둥소리 들린다.

캘리번 수렁과 소와 늪에서 태양이 빨아들이는
모든 악한 기운이 프러스퍼로를 덮쳐
온몸에 병이나 나버려라! 그의 정령들이 내 말을 듣지만
저주는 해야겠어. 프러스퍼로가 명령하지 않는 한
그것들은 나를 꼬집지도, 귀신을 가지고 나를 겁박하지도,
진흙탕 속에 처박지도 않을 것이며, 길을 잃게 해 나를
어둠 속에서 불쏘시개처럼 끌고 다니지도 않을 테지. 그러나
그것들은 사소한 일로 나를 공격해.
때로는 나를 향해 얼굴을 찡그리며 조잘거리다가
나중에는 나를 깨무는 원숭이가 되기도 하고, 또 어떤 때는
내가 맨발로 걸어가는 길에 엎드려 있다가
내가 발걸음을 옮기면 침을 곧추세우는 고슴도치가
되기도 하지. 또 어떤 때는 갈라진 혀를 날름거려
나를 미치게 하는 뱀이 되어 나를 돌돌 말기도 하지.

트린큘로 등장.

이제 납작 업드려야지, 납작.
장작을 늦게 가져온다며 나를 괴롭히려고

여기 그의 정령 중 하나가 오는군. 납작 엎드려 있으면
나를 못 볼지도 몰라.

트린큘로 또 폭우가 쏟아질 것 같은데, 비바람을 막아 줄 수
풀도 잡목도 없구나. 바람 소리 가운데 빗소리가 들리는
군. 저기 저 먹구름, 저 큰 구름은 술을 쏟아부으려는 지
저분한 가죽 부대와 흡사하군. 지난번처럼 번개가 치면
어디에 머리를 숨겨야 하나. 저기 저 구름을 보니 양동
이로 퍼부을 것만 같은데. 아니, 이게 뭐지? 사람이야 물
고기야? 살아 있나, 죽었나? 생선 냄새가 나는 걸 보니
물고기군. 매우 퀴퀴하고 생선 같은 냄새, 뭐랄까 말린
대구 같은 냄새군. 참 요상한 물고기네! 전에 가본 적 있
는 영국에 이 물고기를 가져가서 시장 좌판에 내다 놓으
면, 구경 나온 얼간이들이 다들 은전을 내놓겠군. 이 괴
물을 가져가면 떼돈을 벌겠어. 절름발이 거지에게는
1원 하나 안 내놓을 사람들이 죽은 인디언을 보려고
10원을 내준단 말이야. 사람처럼 다리가 있군! 더군다
나 지느러미는 팔과 같고! 맙소사, 따뜻하네! 그렇다면
생각을 바꿔야겠군. 이것은 물고기가 아니라, 최근에 벼
락을 맞은 섬사람이군. (번개가 친다) 아이고, 폭우가 다
시 내리잖아! 이자의 외투 아래로 기어들어가는 것이 최
선이겠군. 사방을 둘러봐도 다른 피할 곳이라곤 없으니.
고난이 닥치면 사람이란 이상한 녀석들과도 벗을 하는
법이지. 폭우가 마지막 한 방울마저 다 그칠 때까지 이
외투 밑에 들어가 있어야겠다.

손에 술병을 든 스테퍼노가 노래하며 등장.

스테퍼노   나는 더 이상 바다에는, 바다에는 안 나가.
          이곳 육지에서 죽을 거야—
      이건 장례식에서 부르기에는 매우 형편없는 곡이군.
      그래, 이게 위안이지.   (술을 마신다)
      (노래한다)

          선장, 청소부, 갑판장, 그리고 나,
          포수와 그의 동료는
          몰과 메그와 메리언과 마저리를 사랑했지.
          케이트에 관심 갖는 자는 하나 없었지.
          그녀는 혀에 가시가 있었고
          선원에게, 가서 뒈져라! 하고 외쳤지.
          그녀는 타르나 역청 냄새를 좋아하지 않았지.
          그러나 양복쟁이가 그녀의 가려운 데를 긁어 주었지.
          그러니 여보게들, 바다로 가세. 케이트는 뒈지라 하고!
      이것 역시 형편없는 곡이군. 그렇지만 이게 위안이지.

                                              (술을 마신다)

캘리번   나를 괴롭히지 마시오. 아!

스테퍼노   이게 뭐지? 여기 악마가 있나? 아니, 악마들이 야
      만인과 인디언을 가지고 우리를 속이는 건가? 나는 물
      에 빠져서도 죽지 않고 살아나왔는데, 너희 다리 넷에
      겁을 먹을 것 같아? 속담에도 있듯이, 네 다리 멀쩡한 사
      람이 양보를 받을 수는 없는 법이지.[7] 스테퍼노가 콧구

멍으로 숨을 쉬는 한 이 말은 사실일 거야.

캘리번 정령이 나를 괴롭히네! 아!

스테퍼노 내가 이해하기로 이것은 오한이 든 다리 넷 가진 이 섬의 괴물이야. 도대체 이것이 어디서 우리말을 배웠을까? 우리말을 한다는 이유 때문에라도 무언가 먹을 것을 주겠어. 이자를 회복시킨 후 길들여서 나폴리로 데려가면, 쇠가죽 신발을 신는 황제들에게 좋은 선물감이 되겠지.

캘리번 제발 나를 괴롭히지 마시오. 장작을 더 빨리 가져오겠소.

스테퍼노 다시 오한이 도져서 헛소리를 하고 있군. 이자에게 내 술병 맛을 보여 줘야겠어. 전에 술을 마셔 본 적이 없다면, 아마 오한을 어지간히 잡아 줄 거야. 회복시켜 길들일 수만 있다면, 이자에게 아무리 많은 공을 들여도 지나치지 않지. 이자를 사는 사람은 제법 높은 값을 치르게 될걸.

캘리번 지금까지는 날 살살 괴롭혔지만, 떨고 있는 것을 보니 곧 다시 나를 괴롭힐 작정이군. 지금 프러스퍼로가 그대에게 마법을 걸고 있는 거야.

스테퍼노 이리 와서 입을 열어 봐. 이걸 마시면 말을 하게 될 거야. 입을 열어 봐. 장담하지만 이걸 마시면 한기가 깨끗하게 떨어질 거야. 이런 친구도 없지. 다시 아가리를

---

7 두 다리 멀쩡한 사람이 통행권을 양보해야 한다는 속담을 네 다리로 바꿔 말하여, 이 괴물을 비켜 가지 않겠다고 다짐하고 있다.

열어 보라니까.

트린큘로 이건 틀림없이 아는 목소리인데. 그렇지만 그자는 익사했는데. 그렇다면 이건 악마의 소리로군. 아, 살려 주세요!

스테퍼노 다리는 넷인데 입은 두 개라니, 참 기묘한 괴물이 로군! 앞에 달린 입은 친구를 칭찬하는데, 뒤에 달린 입은 욕하고 비방을 하네. 내 술병에 든 술을 다 마시게 해서 이자가 오한을 이기도록 해줘야겠어. 자, 그 정도면 됐어! 다른 입에다가도 좀 부어 줘야지.

트린큘로 스테퍼노 아닌가!

스테퍼노 다른 쪽 입에서 나를 부르는가? 맙소사, 사람 살려! 이건 괴물이 아니라 악마였어. 나는 악마와 밥상을 같이하는 사람이 아니니, 이놈을 피해야겠어.

트린큘로 스테퍼노! 그대가 스테퍼노라면 내 몸을 만져 보고 내게 말을 해보게. 나는 그대의 친구 트린큘로이니 겁내지 말고.

스테퍼노 그대가 트린큘로라면 내가 더 짧은 다리를 잡아당길 테니 이리 나오게. 이것들 가운데 자네 다리가 있다면, 짧은 것이 자네 다리겠지. 정말 자네 다리가 맞구먼! 어쩌다가 이 괴물의 찌꺼기가 되었나?

트린큘로 저놈이 벼락을 맞아 죽었다고 생각했다네. 그런데 자네는 물에 빠지지 않았나, 스테퍼노? 자네가 익사하지 않았으면 하고 바라지만. 폭풍우는 이제 그쳤나? 폭풍우가 겁나서 죽은 괴물의 외투 밑에 몸을 숨긴 거라

네. 그런데 자네가 살아 있단 말이지? 오, 스테퍼노, 자네와 나 두 나폴리인이 살아남았군!

스테퍼노 제발, 나를 흔들어 돌리지 말게. 속이 울렁거리니까.

캘리번 (방백) 이자들이 정령이 아니라면, 착한 것들이겠군. 저자는 대단한 신이 분명해. 천상의 음료를 가지고 있군. 저자에게 무릎을 꿇어야겠다.

스테퍼노 어떻게 살아남았나? 어떻게 이곳으로 왔어? 이 술병에 맹세코 어떻게 이곳으로 오게 된 건지 말해 보게. 이 술병에 맹세코 나는 수부들이 갑판 위로 내던진 술통에 올라타 살아남았지. 이 술병은 내가 해안에 내던져진 뒤 나무껍질을 가지고 내 손으로 직접 만들었고.

캘리번 그 술병에 맹세코 나는 그대의 충실한 하인이 되겠습니다. 정말이지 그 술은 이 지상의 것이 아니군요.

스테퍼노 여기에 맹세하고 어떻게 자네가 살아났는지 말해 보게.

트린큘로 오리처럼 해안으로 헤엄쳐 갔지. 맹세코 나는 오리처럼 수영을 잘한다네.

스테퍼노 자, 성경 대신 이 술병에 입 맞추게. 자네가 오리처럼 수영을 잘하는지는 몰라도 생김새는 흡사 거위 같군.

트린큘로 스테퍼노, 술 더 없는가?

스테퍼노 한 통 가득 있지. 해안가 바위 속 저장고에다 술을 숨겨 뒀어. 이봐, 못생긴 괴물, 기분이 어때? 오한은 가셨나?

캘리번 그대는 하늘에서 떨어지셨습니까?

스테퍼노 분명히 말하지만, 달에서 떨어졌다. 나는 옛날 옛
적에 달에서 살던 사람이었지.

캘리번 달 속에서 그대를 보았죠. 그대를 숭배합니다.
   제 아가씨가 나에게 달 속의 그대와 그대가 데리고 있는
   개와 수풀을 보여 주었지요.

스테퍼노 자, 이 술병에 입 맞추고 맹세하거라. 곧 새 술로 술
병을 채워 주겠으니 맹세하거라.

트린큘로 밝은 데서 보니 이자는 정말 얄팍한 괴물이로군.
이런 것을 두려워했다고? 정말 허약한 괴물이네! 달 속
에 살고 있는 사람이라니! 바보같이 순진하기는! 정말
이지 잘 들이마셨구나!

캘리번 이 섬의 비옥한 곳을 샅샅이 보여 드리겠습니다. 그
대 발등에 입을 맞출 테니 제발 저의 신이 되어 주세요.

트린큘로 햇빛 아래서 보니 정말 끔찍하고 술 취한 괴물이로
군! 자기 신이 잠들면 그의 술병을 훔쳐 갈 놈이야.

캘리번 그대 발등에 입 맞추고 그대 하인이 되기로 맹세하
겠습니다.

스테퍼노 그렇다면 자, 무릎을 꿇고 맹세해라.

트린큘로 이 머리가 강아지처럼 생긴 괴물 때문에 웃다가 배
꼽이 빠지겠어. 정말 더러운 괴물이야! 흠씬 때려 주고
싶은데 —

스테퍼노 자, 맹세해라.

트린큘로 그렇지만 이 가련한 괴물은 취했어. 흉측한 괴물!

캘리번 최고의 샘들을 보여 드리죠. 개암열매도 따다 드리고,

물고기도 잡아 드리고, 장작도 충분히 가져다 드리고요.
나를 종으로 부리는 그 폭군이 뒈져 버렸으면!
그에게 더 이상 장작을 가져다주지 않고, 경이로운 사람인
그대를 따르겠습니다.

트린큘로 정말 웃기는 괴물이군, 비천한 주정꾼을 경이로운
이라고 여기다니!

캘리번 그대를 야생 사과가 자라는 곳으로 모셔다 드리게
해주세요. 제 긴 손톱으로 땅속 구근도 캐어 드리죠.
어치 둥지도 보여 드리고, 민첩한 원숭이를 유인해
잡는 법도 가르쳐 드릴게요. 개암열매 송이도
갖다 드리고, 때로는 바위틈에서 어린 갈매기 새끼도
잡아다 드리고요. 저와 함께 가시겠습니까?

스테퍼노 이제 제발 얘기는 그만하고 앞장서거라. 여보게,
트린큘로, 국왕과 다른 동료들이 모두 익사했으니, 이
섬은 내 차지야. 여봐라, 자, 이 술병을 받아라. 곧 술병
을 다시 채워 주겠다.

캘리번   (술 취해서 노래한다)
잘 있으시오, 주인님, 잘 있어요, 나는 갑니다!

트린큘로 꽥꽥거리는 괴물, 술 취한 괴물이로군!

캘리번 난 고길 잡으려고 더 이상 둑을 쌓지도 않을 것이며
명령한다고 땔감을
가져오지도 않을 겁니다.
나무 쟁반을 닦지도, 접시를 씻지도 않을 겁니다.
번, 번, 캐캘리번은

주인이 새로 생겼으니, 새 하인을 구하세요.
자유다! 휴일이다! 휴일이다, 해방이다! 자유다, 휴일이다,
해방이다!

스테퍼노　　오, 대단한 괴물이야! 앞장서라.　　　　　(모두 퇴장)

제3막

제1장
(프러스퍼로의 움막 앞)

퍼디낸드가 통나무를 안고 등장.

퍼디낸드 어떤 놀이는 힘이 들지만, 놀이의 기쁨이
　　　수고로움을 보상해 주지. 비록 천한 일이라도
　　　처리 방식은 고상하며, 형편없는 일들도
　　　대단한 목적을 가지는 법. 나의 이 비천한 노역도,
　　　내가 섬기는 그녀가 죽은 것을 살려 내고
　　　내 수고를 오락으로 변화시켜 주지 않는다면,
　　　끔찍한 만큼이나 나에겐 힘든 일이겠지. 오, 그녀는
　　　성마른 아버지보다 열 배는 상냥하지.
　　　그 아버지는 너무나 거친 사람이야. 엄한 명령에
　　　복종하여 나는 이 수많은 통나무들을 날라다
　　　쌓아야 하지. 상냥한 나의 아가씨는 내 일하는

모습을 보고 울면서 말하지, 나 같은 사람이 그런 천한 일을
한 적은 지금껏 없었다고. 그래, 일을 해야지.
그녀에 대한 달콤한 생각을 하면 수고조차 잊게 되고
일할 때가 가장 즐겁구나.

미랜다 등장. 프러스퍼로 멀리 뒤따르며 등장.

미랜다   아, 제발,
그렇게 열심히 하지 마세요. 그대가 쌓아야 하는
이 통나무들이 번갯불에 다 타버렸다면 좋았을걸!
제발 내려놓고 좀 쉬세요. 이 통나무가 탈 때면 당신을
힘들게 한 대가로 스스로 눈물을 흘릴 겁니다. 아버지는
연구에 열중이시니, 이제는, 제발 좀 쉬세요.
세 시간 동안 아버지는 안심해도 좋아요.

퍼디낸드   오, 더없이 사랑스러운 이여,
열심히 해야 하는 이 일을 내가 다 끝마치기 전에
해가 질 것 같아요.

미랜다   앉아 쉬시는 동안
내가 대신 통나무를 나를게요. 그걸 이리 주세요.
내가 가져다 쌓아 놓을게요.

퍼디낸드   그건 안 되죠, 소중한 이여,
나는 앉아서 빈둥거리는 동안
그대에게 이런 험한 일을 시키느니
차라리 내 근육이 파열되고 등이 부서지는 편이 낫겠어요.

미랜다   그대에게 어울리는 일이라면
나에게도 어울리는 일입니다. 더군다나 그대는
그 일을 싫어하지만, 나는 기꺼이 하고 싶으니
내가 더 쉽게 할 수 있죠.

프러스퍼로   불쌍한 것, 사랑의 열병에 걸렸군!
이렇게 찾아온 것을 보니 분명해.

미랜다   피곤해 보이네요.

퍼디낸드   아닙니다, 아가씨. 밤이라 해도 그대가 곁에 있다면
내게는 신선한 아침입니다. 부탁이 있어요.
기도할 때 그 이름을 부르고 싶어 그러는데,
그대의 이름이 무엇입니까?

미랜다   미랜다입니다. 아, 아버지,
이름을 말해 버리다니, 내가 아버지의 명령을 어겼군요.

퍼디낸드   경이로운 미랜다여!
진정 최고의 경탄이여! 세상에서 가장
값비싼 것과 버금하는 자여! 나는 두 눈 똑똑히
많은 여자들을 봐왔고, 그들의
낭랑한 목소리가 내 쫑긋한 귀를 수없이
사로잡았고, 이런저런 미덕 때문에
몇몇 여자들을 좋아했지만, 완벽한 영혼의 소유자는
결코 없었고, 어떤 결함인가가
각각의 여자가 지닌 최고의 미덕과 싸워
그 미덕을 망쳐 놓았죠. 그러나 그대는, 오,
너무나 완벽하고 비길 데 없는 그대는

최고의 것들만 모아 놓은 사람입니다!

미랜다   다른 여자를 나는

본 적이 없습니다. 거울로 본 내 얼굴 말고는

기억나는 여자의 얼굴도 없고

남자라고 부를 만한 사람 가운데는 사랑하는 그대와

사랑하는 아버지 말고는 본 적이 없습니다.

바깥세상 사람들이 어떻게 생겼는지를

저는 알지 못하죠. 그러나 나의 지참금 보석인

저의 순결에 대고 맹세하건대, 그대 말고는

이 세상 누구와도 함께하고 싶지 않습니다.

그대 말고 그대와 닮은 사람을 상상으로도

그려 볼 수 없어요. 아버지의 명령을

망각하고 내가 너무 말이 많군요.

퍼디낸드   미랜다여,

내 신분은 왕자, 아니지요, 왕이랍니다.

차라리 아니었더라면! 쇠파리가 내 입에다

알을 까는 것을 견딜망정, 이 장작 나르는 노역을

나는 견딜 수가 없군요. 내 진심을 들어 보세요.

그대를 본 바로 그 순간 내 마음은 그대를

섬기려 날아갔고, 그대의 종으로 여전히 거기

머물고 있답니다. 그대를 위해 나는

이 통나무 나르는 일을 견디고 있어요.

미랜다   나를 사랑하시나요?

퍼디낸드   오 천지신명이시여, 이 소리를 들으시고

내가 진실을 말한다면, 나의 고백에

좋은 결과라는 왕관을 씌워 주소서. 만일 빈말이라면,

나에게 점지된 행운을 불행으로 바꿔 주소서! 나는

세상 모든 것, 다른 어떤 것들보다

그대를 사랑하고 귀히 여기고 존중합니다.

미랜다   기뻐서 눈물을 흘리다니

나는 바보인가 봐요.

프러스퍼로   두 선남선녀가 잘 만났군!

그들 사이에 태어나는 것에 하늘의 은총이

비처럼 내리길!

퍼디낸드   왜 우십니까?

미랜다   드리고 싶은 것을 감히 드리지 못하는 나의

초라함과, 갖지 못하면 죽게 될 그 사랑을

다 받지 못해서입니다. 쓸데없는 얘기죠.

사랑하는 마음은 숨기려 할수록

더 크게 드러날 뿐이죠. 물러가라, 교활한 수줍음이여!

솔직하고 성스러운 순진함을 내게 가져다 다오!

결혼해 주신다면 그대의 아내가 되겠어요.

아니라면 종으로 죽겠어요, 배필로 안 맞아 주셔도 좋아요.

그러나 그대가 원하든 원치 않든

나는 그대의 하인이 될 것입니다.

퍼디낸드   사랑하는 나의 여인이여,

이렇게 항상 내가 무릎을 꿇겠습니다.

미랜다   그렇다면 내 낭군이 되시는 겁니까?

퍼디낸드   그렇습니다, 노예가 자유를 원하는 것과 같은
　　　마음으로 기꺼이. 여기 내 손을 잡으세요.

미랜다   마음이 깃든 내 손도 여기 있습니다. 그러면
　　　지금부터 반 시간 후에 다시 만나요.

퍼디낸드　　　　　　　　　　수백만 번이라도 안녕!

　　　　　　　　　(퍼디낸드와 미랜다 각각 따로 퇴장)

프러스퍼로   갑작스럽게 이 모든 일에 사로잡힌 그들처럼
　　　내가 기뻐할 수는 없지만, 내게 이보다 더한
　　　기쁨은 있을 수 없지. 서재로 가봐야겠군.
　　　저녁 먹기 전에 이와 관련된 일들을
　　　더 해야 하니까.　　　　　　　　　　　(퇴장)

제2장
(섬의 다른 곳)

캘리번, 스테퍼노, 트린큘로 등장.

스테퍼노   (트린큘로에게) 안 된다고 말하지 말게. 술이 동나
　　　면 물을 마시면 되지. 동나기 전엔 물은 한 방울도 안 돼.
　　　그러니 맘껏 마시게. 괴물 노예 놈아, 마시라니까.

트린큘로   괴물 노예라! 이 섬의 괴짜라! 사람들 말이 이 섬에
　　　는 다섯 명뿐이라는데, 우리가 그중 셋이군. 나머지 둘
　　　도 우리처럼 취한 상태라면, 나라가 흔들리겠어.

스테퍼노 괴물 노예야, 마시라고 할 때 마셔. 눈은 가까스로 머리에 박혀 있구나.

트린큘로 아니 눈이 머리 말고 다른 데 박힌단 말이야? 눈이 꼬리에 박혔다면 정말 볼 만한 괴물일 텐데.

스테퍼노 나의 괴물 하인은 혀를 술통에 빠뜨렸지만, 나로 말하자면 바다도 나를 빠뜨릴 수 없었지. 이래저래 35리 그나 헤엄쳐서 겨우 해안에 닿았어. 맹세코 너를 내 참모장이나 군기병으로 삼아 주마, 이 괴물아.

트린큘로 괜찮다면 참모장이 좋겠어. 그놈은 군기병감은 아니야.[8]

스테퍼노 괴물 씨, 우린 달려서 도망가지 않을 거야.

트린큘로 걷지도 않을 거고. 그렇지만 너는 개처럼 누워만 있고 아무 말도 하면 안 돼.

스테퍼노 이 괴물아, 네가 착한 괴물이라면 네 인생에서 한 번만 얘기해.

캘리번 주인님, 기분이 어떠십니까? 구두를 핥아 드리죠. 저 자는 용감하지 못하니 저자의 종은 되지 않겠어요.

트린큘로 이 거짓말쟁이 무식한 괴물아, 나는 순사도 밀쳐 버릴 것 같은 기분이야. 너 이 술 취한 생선아, 내가 오늘 마신 만큼 많은 술을 마신 사람치고 겁쟁이가 있었더냐? 반은 생선이고 반은 괴물인 주제에 괴물다운 끔찍한 거짓말까지 할 거냐?

---

8 캘리번이 술에 취해 비틀거리느라 가만히 서 있는 사람*standard*이 못 된다는 뜻과 군기병*standard*이라는 이중 의미를 가지고 말장난을 치고 있다.

캘리번 저를 비웃는 것 좀 보세요! 주인님, 저자를 가만두실 겁니까?

트린큘로 방금 〈주인님〉이라고 했나? 괴물에다 저런 천치일 줄이야!

캘리번 저것 보세요, 또 그래요! 부탁인데 저자를 물어 죽여 버리세요.

스테퍼노 트린큘로, 점잖게 말하지 못할까. 말을 듣지 않으면, 근처 나무에다 목을 매달아 버릴 테다! 저 불쌍한 괴물은 내 백성이니 홀대하면 안 되지.

캘리번 주인님, 감사합니다. 제가 전에 드렸던 청을 다시 한번 들어 보시겠습니까?

스테퍼노 그러지. 무릎을 꿇고 말해 봐라. 나와 트린큘로는 서서 듣겠다.

에어리얼 멀리서 보이지 않는 채로 등장.

캘리번 제가 전에 말씀드린 대로 저는 마법으로 저에게서 섬을 빼앗아 간 폭군의, 마법사의 종입니다.

에어리얼 거짓말.

캘리번 〈거짓말〉이라고, 너 이 비웃는 원숭이 같은 놈!
내 용감한 주인님이 너를 죽여 주면 시원하겠다!
내 말은 진짜야.

스테퍼노 트린큘로, 말하는데 그를 더 이상 방해하면, 이 손에 맹세코 네 이빨 몇 개를 뽑아 버릴 거야.

트린큘로　아니, 난 아무 소리 안 했는데.

스테퍼노　그럼 입 다물고 조용. 계속해라.

캘리번　제 말은 그가 마법으로 이 섬을 차지했다는 겁니다.
　　저한테서 빼앗아 갔죠. 위대하신 주인님께서 그에게
　　그 복수를 해주신다면 ― 주인님은 그러실 수 있겠죠,
　　이자는 언감생심 엄두도 못 내겠지만 ―

스테퍼노　그건 확실히 그렇지.

캘리번　주인님은 이 섬의 주인이 되시는 거고, 저는 주인님
　　의 종이 되는 겁니다.

스테퍼노　어떻게 하면 되겠느냐? 나를 그자에게 데려다줄
　　수 있느냐?

캘리번　그렇고 말고요, 주인님. 잠든 그에게 데려다 드릴 테니
　　그자의 머리통에다 못을 박아 버리시면 됩니다.

에어리얼　거짓말. 그럴 수 없잖아.

캘리번　이런 얼간이 같으니! 이 비천한 광대야!
　　주인님께 비는 바, 이자에게 한 방 먹여 주시고
　　술병을 빼앗아 버리세요. 술병을 빼앗기면
　　바닷물이나 마셔야 하겠죠. 저는 그에게 민물 샘 있는 곳을
　　알려 줄 생각이 없으니까요.

스테퍼노　트린큘로, 더 이상 위험을 자초하지 말게. 이 괴물
　　의 말을 한마디만 더 방해했다 하면, 이 손에 맹세코 내
　　자비심을 문밖으로 내쫓고 자네를 말린 생선처럼 두들
　　겨 패줄 거야.

트린큘로　내가 뭘 어쨌다고? 아무 짓도 안 했는데. 멀찌감치

떨어져 있어야겠군.

스테퍼노 저자가 거짓말을 한다고 말하지 않았어?

에어리얼 거짓말.

스테퍼노 내가 거짓말을 한다고? 이거나 먹어라. (그를 때린다) 얻어맞고 싶다면 또다시 나를 거짓말쟁이라고 불러 봐.

트린큘로 나는 거짓말쟁이라고 하지 않았어. 아니 정신이 나간 데다 귀까지 멀었나? 이 빌어먹을 술병! 이게 다 이놈의 술 때문이야. 이놈의 괴물은 염병이나 걸리고, 자네 손가락은 악마가 잘라 갔으면!

캘리번 하, 하, 하!

스테퍼노 자, 얘기를 마저 해라. 제발, 자네는 저기 멀리 떨어져 있고.

캘리번 흠씬 두들겨 주세요. 조금 있다가
저도 그를 패줄 겁니다.

스페파노 떨어져 있게나. 자, 계속해라.

캘리번 제가 말씀드린 대로, 그자는 오후에
낮잠을 자는 습관이 있습니다. 우선 그의 책들을 움켜쥔 뒤
그의 머리통을 부숴 버리면 됩니다. 혹은 통나무로
해골을 빠개거나, 꼬챙이로 배를 찌르거나,
칼로 기도를 잘라 버리세요. 명심하고 우선
그의 책들을 차지하세요. 책만 없으면
그자는 나와 마찬가지로 얼간이에 불과하고
어떤 정령도 부릴 수 없습니다. 정령들도 나처럼 그자를

뿌리 깊게 증오하고 있답니다. 그의 책을 태워 버리세요.
그자는 집을 짓게 되면 장식으로 사용할
소위 그가 훌륭한 가재도구라 부르는 것들을 갖고 있답니다.
그리고 가장 심각하게 숙고해야 할 것은
아름다운 그자의 딸입니다. 그자도 그녀를 세상에서
비길 데 없는 미인이라 부른답니다. 제가 세상에서 본
여자라고는 어머니 시코락스와 그녀뿐입니다.
그러나 그녀는 거인이 난쟁이를 능가하듯
시코락스를 훨씬 능가합니다.

스테퍼노   그렇게 훌륭한 처녀란 말이냐?

캘리번   예, 주인님. 보장컨대 주인님 침상에 어울릴 여자이고
훌륭한 자손을 낳아 줄 것입니다.

스테퍼노   그렇다면 그자를 죽여야겠구나. 그자의 딸과 나는
왕과 왕비가 될 것이고, 신이여, 우리를 보호하소서! 트
린큘로와 너는 총독에 임명하겠다. 트린큘로, 이 계획이
마음에 드나?

트린큘로   훌륭하네.

스테퍼노   악수하세. 자네를 때려서 미안하네. 그렇지만 앞으
로 살아 있는 동안 말을 곱게 하게나.

캘리번   30분 있으면 그가 잠들 겁니다.
그때 죽이시겠습니까?

스테퍼노   내 명예를 걸고 그렇게 하지.

에어리얼   이 사실을 주인님께 알려야겠다.

캘리번   주인님 덕분에 즐거워 저는 아주 신이 났습니다.

놀아 보죠. 방금 전에 저에게 가르쳐 주셨던
돌림 노래를 불러 주시겠습니까?

스테퍼노   너의 청이라면 여부가 있겠나, 암. 여보게, 트린큘
로, 노래하세.   (노래한다)

        그들을 모욕하고 조롱하라,

        그들을 조롱하고 모욕하라,

        생각은 자유이니.

캘리번   곡조가 다른데요.

        (에어리얼이 북과 파이프에 맞춰 곡조를 연주한다)

스테퍼노   이건 무슨 곡이지?

트린큘로   이것은 투명 인간이 연주하는 우리 돌림 노래 곡조
로군.

스테퍼노   네가 인간이라면 너의 모습을 드러내라. 만약 악마
라면 네 멋대로 해봐라.

트린큘로   오, 내 죄를 용서해 주세요!

스테퍼노   죽으면 그만이니 덤벼라. 하나님, 우리에게 자비를
베푸소서!

캘리번   겁이 나십니까?

스테퍼노   아니다, 나는 아니야.

캘리번   겁먹지 마세요. 이 섬은 해치지 않고 즐거움을 주는
음악과 소리와 달콤한 곡조로 가득하답니다.

        때로는 수많은 쨍그랑거리는 악기들이

        제 귓전을 울리지요. 때때로 들리는 성악은

        제가 깊은 잠에서 깨어나 듣노라면

저를 다시 잠들게 할 정도입니다. 잠들어 꿈결에
구름이 열리는 것 같고, 그 사이 내 머리 위로 떨어질 듯한
보물들이 보이는 것 같습니다. 그래서 잠이 깨면
저는 다시 꿈꾸게 해달라고 소리를 질렀습니다.

스테퍼노   네 말을 듣자니, 공짜로 음악을 듣게 될 훌륭한 왕
국을 내가 갖게 되겠구나.

캘리번   프러스퍼로가 죽으면요.

스페파노   네 말을 기억하고 있으니, 곧 그렇게 될 거야.

트린큘로   소리가 멀어지는군. 그 소리를 따라간 뒤 우리 일
을 처리하세.

스테퍼노   괴물아, 우리가 뒤따를 것이니 앞장서라. 북을 두
드리는 이 고수를 직접 만나 봤으면 좋겠군.

트린큘로   (캘리번에게) 가볼까? 뒤따르겠네, 스테퍼노.

(모두 퇴장)

제3장
(섬의 다른 곳)

앨론조, 서배스천, 앤토니오, 곤절로, 에이드리언, 프랜시스코,
기타 인물들 등장.

곤절로   성모께 맹세코, 폐하, 더 이상은 못 걷겠습니다.
늙은 뼈마디가 쑤십니다. 이건 정말 미로군요.

똑바르다가 꾸불꾸불하고 말입니다! 제발
좀 쉬어야겠습니다.

앨론조   그대를 나무랄 수도 없군.
나도 피곤이 몰려 정신이
멍해질 정도이니. 앉아서 쉬시오.
바로 이곳에서 나도 희망을 던져 버리고
그 알랑거림에 속지 않겠소. 우리가 이렇게 찾아 헤매는
왕자는 익사했소. 우리가 육지에서 이렇게 헛되이 찾는 것을
바다가 비웃고 있소. 자, 왕자 일은 잊어버립시다.

앤토니오   (서배스천에게 방백) 왕이 희망을 버려서 기쁘군.
시행하기로 결심한 그대의 목적을
한 가지 장해 때문에 포기하지 마시오.

서배스천   (앤토니오에게 방백) 다음번 기회를
철저하게 이용합시다.

앤토니오   (서배스천에게 방백) 오늘 저녁으로 합시다.
다들 힘든 여행으로 지쳐 있으니, 멀쩡할 때와 달리
주의력을 발휘하지 않을 겁니다.
발휘할 수 없겠죠.

서배스천   (앤토니오에게 방백) 명심하시오, 오늘 저녁뿐이오.

엄숙한 낯선 음악. 프러스퍼로가 멀리 무대 제일 꼭대기에 등장.
몇몇 이상한 형상들이 잔칫상을 가지고 등장해서 점잖게
인사하는 몸짓으로 주변에서 춤을 춘다. 그리고 왕과 나머지
사람들을 식사에 초대하고 난 뒤 퇴장한다.

앨론조　이게 무슨 음악이지? 여보게들, 들어 보시오!

곤절로　기막히게 달콤한 음악입니다!

앨론조　하늘이시여, 우리에게 친절한 수호천사들을 보내 주
소서! 방금 이것들이 무엇이었소?

서배스천　살아 있는 인형극입니다. 이제 세상에 일각수가 있고
아라비아에 불사조가 사는 나무가 있는데
지금 이 순간 그 불사조가 그 나무에 앉아 있다는 것도
저는 믿을 수 있을 지경입니다.

앤토니오　　　　　　　　　　　　저도 둘 다 믿겠습니다.
다른 믿을 수 없는 것들을 제게 가져다주면 맹세코
사실이라고 말하겠습니다. 고국의 바보들은 믿지 않지만
여행자들이 말한 것은 사실이었어요.

곤절로　　　　　　　　　　　　만일 나폴리에서
지금의 이 일들을 말한다면, 사람들이 저를 믿을까요?
제가 이와 같은 섬사람들을 봤다고 말한다면 말입니다.
섬에 사는 사람들을 봤는데,
비록 생김새는 괴물 같지만, 이건 주목할 일인데,
그들의 태도는 우리 인간 가운데서 보게 될 몇몇 사람들,
아니 그 누구보다
고상하고 친절했다고 말한다면 말이에요.

프러스퍼로　　　　　　　　　　(방백) 정직한 양반,
맞는 말씀이오. 여기 있는 그대들 중 몇몇은
악마보다 못한 자들이니까.

앨론조　　　　　　　　비록 혀를 사용하지는 않지만

훌륭한 무언의 언어 같은 것으로 이야기하는

그러한 소리, 그러한 모습, 그러한 몸짓에

나는 이루 말할 수 없이 놀라고 있소.

프러스퍼로   (방백) 섣부른 칭찬이군.

프랜시스코   그들이 알 수 없게 사라져 버렸습니다.

서배스천   상관없소.

우리가 배가 고프던 참에 음식을 남겨 놓고 갔으니.

폐하, 음식들을 좀 맛보시겠습니까?

앨론조   나는 됐소.

곤절로   폐하, 진실로 걱정하실 필요 없습니다. 우리가

어렸을 때, 황소처럼 목살이 늘어지고 목에 살주머니가 달린

산사람들이 살고 있다는 사실을

누가 믿기라도 했습니까? 머리가 가슴에 달린

그런 사람들은 또 어떻고요? 이 사람들의 존재를

다섯 배의 판돈을 걸고 국외로 모험에 나선 여행자들이

우리에게 확실히 전해 주고 있습니다.

앨론조   좋은 시절은 다 지나갔다는

느낌이 드니, 비록 마지막이 될지언정 개의치 않고

나는 식사를 하겠소. 아우님도

짐과 마찬가지로 식사를 시작하시오.

천둥 번개. 에어리얼이 하피[9]의 모습으로 등장. 날개를 쳐

9 그리스 로마 신화에 나오는 괴물로, 여자의 머리와 몸에 새의 날개와 발을 가지고 있다.

식탁을 뒤덮는다. 기묘한 장치로 인해 연회 식탁이 사라진다.

에어리얼　그대들은 이 하계와 그곳의 모든 것들을
　　하수인으로 부리는 운명의 신이
　　만족을 모르는 바다로 하여금
　　토해 내도록 한 세 명의 죄인이다. 사람이 살지 않는
　　이 섬에서 살기에는, 그대들은 인간들 가운데
　　가장 부적합한 인물들이다. 내가 그대들을 미치게 만들었다.
　　사람들은 실성해서 만용을 부려 스스로 목 매달고
　　익사를 하지.　　　　　　(앨론조, 서배스천 등이 칼을 빼든다)
　　　　　　　　　이 얼간이들! 나와 내 동료들은
　　운명의 하인들이다. 너희의 칼을 달군
　　불과 흙으로 내 깃털을 한 올이라도 자르느니
　　요란한 바람에 상처를 내거나, 찌르면 비웃으며
　　항상 다시 합쳐지는 강을 살해하는 편이 나을 거야.
　　내 동료들도 마찬가지로 상처를 입지 않지.
　　너희가 상처를 입힐 수 있다 해도
　　너희의 힘으로 그 무거운 칼을 들기에는 역부족이라
　　들어 올릴 수도 없을걸. 그러나 기억해라 —
　　이건 너희에 대한 내 할 일이니까 — 너희 셋이서
　　선한 프러스퍼로를 밀라노에서 몰아내고
　　그와 그의 딸을 바다에 버린 죄로
　　그 바다가 복수를 했다는 사실을. 그 더러운 죄 때문에
　　더디기는 하지만 잊지는 않는 절대의 힘이

바다와 해안과 모든 피조물들로 하여금
너희를 괴롭히도록 부추겼다. 앨론조, 그대는
아들을 빼앗겼고, 내가 대신 전하지만,
즉각적인 죽음보다 못한 지속적인 파멸을
그대 가는 걸음걸음마다
겪게 될 것이다. 그 파멸의 분노로부터
그대를 지키는 길은, 이곳 더없이 황량한 섬에서의
참회의 슬픔과 지속되는 깨끗한 삶뿐이다. 안 그러면
그 분노의 불길이 그대 머리 위에 떨어질 것이다.

에어리얼이 천둥 속에서 사라진다. 그러자 부드러운 음악에
맞춰 정령들이 다시 들어와서 비웃는 표정으로 춤추며
식탁을 가져간다.

프러스퍼로   에어리얼, 하피 역할을 훌륭하게
해냈구나. 음식 집어삼키는 연기가 훌륭했어.
나의 지시대로 하나도 빠짐없이
잘 말했다. 마찬가지로 여실하고
놀라울 정도로 꼼꼼하게, 더 낮은 하인들도
각자 맡은 역할을 잘했구나. 내 막강한 마법이
효력을 발휘하니, 나의 모든 원수들이 하나같이
광기의 그물에 걸려들어 내 수중에 있다.
이 상태로 그들을 놔두고서, 저들이
익사당했다고 여기는 젊은 퍼디낸드와

그가 사랑하는 내 딸을 보러 가겠다.   (퇴장)

곤절로 신령한 것에 맹세코, 폐하,

어인 일로 이렇게 놀라 서 계십니까?

앨론조   오, 끔찍하군, 끔찍해!

파도가 말을 하며 내 죄를 얘기한 것 같소.

바람도 내게 내 죄를 노래했고, 그 깊고 무시무시한

풍금인 천둥도 프러스퍼로의 이름을

말했다오. 내 죄를 낮은 소리로 울리면서.

그리하여 내 아들은 갯벌 속에 잠들어 있소. 그러니

나는 측정할 수 없는 심해에서 그를 찾아

그곳에서 아들과 함께 갯벌 속에 묻히겠소.   (퇴장)

서배스천   그러나 한 번에 하나씩

나는 악마의 무리와 끝까지 싸우겠다.

앤토니오   나도 그대를 돕겠소.

(서배스천과 앤토니오 퇴장)

곤절로 저들 세 사람 모두 제정신이 아니군. 저들의 큰 죄가

한참 뒤에 효력을 발하는 독약처럼

이제 그들의 정신을 깨물기 시작하는구나. 부탁이니

사지가 더 팔팔한 자네가 빨리 저들을 뒤따라가서

이 광기로 인해 저들이 저지를지 모를 일을

막아 주게.

에이드리언 자, 따라오십시오.   (모두 퇴장)

제4막

제1장

(프러스퍼로의 움막 앞)

프러스퍼로, 퍼디낸드, 미랜다 등장.

프러스퍼로 내가 자네를 너무 엄격하게 벌했다면,
자네의 보상으로 경감받은 셈이지. 내 인생의
3분의 1, 아니 내가 살아가는 이유인 딸을
자네에게 주었으니까 말이야. 그녀를 다시 한번
자네에게 보내네. 자네를 괴롭힌 것은
단지 자네의 사랑을 시험하기 위해서였고, 자네는
용케도 그 시험을 통과했어. 하늘에 맹세코 이곳에서
나는 나의 이 화려한 선물을 승인하겠네. 오, 퍼디낸드여,
딸 자랑을 한다고 나를 비웃지 말게나. 알게 되겠지만,
그 아이는 온갖 칭찬을 추월할 것이고, 칭찬으로 하여금
자신의 꽁무니를 절름거리며 따라오게 할 거야.

퍼디낸드   신탁이 아니라 하더라도

그 말을 믿겠습니다.

프러스퍼로   그렇다면 내 선물이자 자네가 비싼 값을 치르고

산 획득물로 내 딸을 맞이하게. 그러나 만약 자네가

성스러운 결혼 의식을 온전하게 치르기 전에,

또 이 혼인이 무르익도록 하늘이

달콤한 성수의 은총을 내려 주기 전에

그녀의 처녀막을 찢어 놓는다면,

초야의 침상에 불임의 증오와 눈꼴 시린 경멸과

불화의 잡초가 끔찍하게 뒤덮여

자네들 두 사람은 결혼을 증오하게 될 거야. 그러니

결혼의 여신 하이멘의 횃불이

자네들을 비출 수 있도록 조심하게.

퍼디낸드   저는 지금 같은 사랑으로

평안한 여생과 아름다운 자식과 장수를 바라기에,

어두컴컴한 동굴, 그럴듯한 장소, 우리의 악한 수호천사가

권하는 어떤 강한 유혹도 제 명예심을 녹여

색욕으로 바꾸어 제가 생각하는 그 결혼식 날의 짜릿함을

빼앗아 갈 수 없을 것입니다. 태양신의 말들이

절름발이가 되었거나, 아니면 밤의 여신이

발목에 쇠사슬을 차고 결박되어 있다고 생각될 만큼

그 더디 오는 초야 말입니다.

프러스퍼로   잘 말했네.

그럼 앉아서 딸과 얘길 나누게. 그 앤 이제 자네 사람이니.

94

여봐라, 에어리얼! 부지런한 에어리얼!

에어리얼 등장.

에어리얼   주인님, 부르셨습니까? 여기 대령했습니다.

프러스퍼로   너와 네 동료들은 지난번 일을
홀륭하게 해냈다. 이제 너에게 그와 같은 임무를 또다시
주어야겠구나. 내가 너에게 부릴 수 있는 힘을 부여한
그 무리를 이곳으로 데려오너라.
그들에게 인형극을 준비시켜라. 이 젊은 한 쌍에게
내 마법의 기술을 보여 줘야겠다. 보여 주겠다 약속했으니
기대하고 있을 거다.

에어리얼   당장이요?

프러스퍼로   그래, 눈 깜짝할 사이에.

에어리얼   주인님이 〈오라〉 〈가라〉 하고 말씀하시기 전에,
두 번 숨쉬고 〈그래, 그래〉 하고 말씀하시기 전에
재빠르게 발가락을 움직여 각각의 요정들이
찡그린 얼굴로 여기 대령할 것입니다.
주인님, 저를 사랑하십니까? 아닙니까?

프러스퍼로   지극히 사랑한단다, 내 섬세한 종아. 내가 부르는
소리를 듣기 전에는 가까이 오지 마라.

에어리얼   잘 알겠습니다.(퇴장)

프러스퍼로   명심하고 진실되도록 하게. 쾌락에 탐닉하지 말고.
아무리 굳은 맹세도 피 끓는 불길 앞에선

지푸라기 같으니 더욱 금욕하게.

아니면 언약도 다 소용없으니!

퍼디낸드   장담하지만,

제 가슴에 내린 하얗고 차가운 첫눈 때문에

사랑의 욕정이 식었습니다.

프러스퍼로   좋아.

에어리얼, 이제 오너라! 부족하지 않게

충분한 정령을 데려오너라. 활기차게 오너라!

말은 안 돼! 눈으로만! 조용히 하라.   (조용한 음악)

무지개의 신 아이리스 등장.

아이리스   풍요의 여신 시어리스여, 그대의 비옥한

밀, 호밀, 보리, 가라지, 귀리와 콩이 무성한 들판,

풀을 뜯는 양들이 사는 그대의 초지로 덮인 산들,

양들을 먹일 건초 널린 평평한 초지들,

파헤쳐지고 꼬인 가지들 잘려 놓인 그대의 강둑들,

그대 명령에 촉촉한 4월이 그곳에 꽃을 피워

순결한 요정들에게 정결한 화관을 만들어 주는 곳,

아가씨에게 퇴짜 맞은 버림받은 총각이 그 그늘 사랑하는

그대의 노란 꽃 관목 숲, 그대의 윗단을 짧게 자른 포도원,

그대가 몸소 바람 쏘이는 바위 덮인

거친 그대의 해안가, 이곳들을 그대는 떠나라고

하늘의 여왕님이 자신의 전령이자 무지개인

나를 시켜 명령했소. 그리고 최고의 여신인 주노와 함께,

주노가 내려온다.

이곳 이 풀밭, 바로 이곳으로 와서 즐겁게
놀자고 이르셨소. 주노의 공작새들이 빠르게 날고 있소.
풍요의 여신 시어리스여, 와서 주노를 즐겁게 해주시오.

시어리스 등장.

시어리스 　주피터 신의 부인에게 불복하는 일이 없는
　일곱 색깔의 전령이여, 안녕.
　붉은빛 날개로 내 꽃들 위에
　달콤한 이슬과 신선한 소나기를 뿌려 주고,
　그대의 푸른 활 양쪽 끝으로 나의 삼림 지역과
　밋밋한 평지에 왕관을 씌워 주고, 내 자랑스러운 대지를
　화려하게 장식하는 그대여, 무슨 이유로
　그대의 여왕은 이 잘 깎인 잔디밭으로 나를 불러냈는가?
아이리스 　진실된 약혼을 축하하고
　축복받은 연인들에게 관대한 선물을
　수여하기 위해서입니다.
시어리스 　　　　　　　하늘의 무지개여, 내게 말해 주시오,
　그대가 알기로 비너스 여신이나 그녀의 아들이
　지금 그 여왕을 수행하고 있는지? 그들이 검은 지옥의 신

디스로 하여금 내 딸을 앗아 가게 한 음모를 꾸민 이후로
나는 비너스와 그녀의 눈먼 아들과의
부끄러운 만남을 거절해 왔소.

아이리스   그녀와 만나는 건
걱정하지 마시오. 나는 비너스 여신이 아들과 함께
비둘기가 끄는 마차를 타고 사이프러스를 향해
구름을 가르고 있는 것을 보았소. 그들은 이곳에서
그 젊은 남녀에게 음란한 마술을 행하는 데 성공했다고
생각했습니다. 이 연인들은 결혼의 여신의 횃불이
밝혀지기 전까지는 초야를 치르지 않겠다고 맹세했지요.
결국 허사가 되어 군신 마르스의 정열적인 정부는[10] 이제
다시 돌아갔고, 그녀의 짓궂은 아들은 활을 부숴 버리고
더 이상 활을 쏘지 않을 것이라고, 참새들과 놀며
곧장 어린아이답게 되겠노라고 맹세했소.

시어리스   늠름한 최고의 여왕
위대한 주노가 오셨소. 발소리만 들어도 그녀인지 알지요.

주노 풍요로운 동생, 어떻게 지내는가? 이 두 사람이
번성해서 자식을 많이 가질 수 있도록
나와 같이 가서 이들을 축복해 주세.   (다 같이 노래한다)

주노   명예와 부와 결혼의 축복과
            장수와 번성과
            계속되는 기쁨이 두 사람과 항상 함께하기를!
            주노가 그대들에게 축복을 노래하노라!

10 여신 비너스가 군신 마르스와 불륜 관계였던 것을 의미한다.

시어리스　　땅의 번영, 넘치는 풍요로움,

　　　　　　곳간과 창고가 비는 일 없고,

　　　　　　포도나무에는 덩어리진 송이가 자라고,

　　　　　　식물들은 탐스러운 이삭으로 고개 숙이고,

　　　　　　수확의 맨 끝자락에서 바로 이어지는

　　　　　　봄이 그대들에게 오기를!

　　　　　　궁핍과 결핍이 그대들을 피하리라.

　　　　　　시어리스의 축복이 그대들에게 있노라.

퍼디낸드　　정말 훌륭한 환상이군요. 더군다나

　　매력적으로 어울리고요. 이것들이 정령이라고

　　감히 생각해도 되겠습니까?

프러스퍼로　　　　　　　　내 머릿속에 떠오르는 생각을

　　실행에 옮기도록 이들 정령을 내 마법으로

　　그들의 거주지에서 불러냈지.

퍼디낸드　　　　　　　이곳에서 영원히 살게 해주소서.

　　이처럼 둘도 없이 경이롭고 현명한 장인 덕분에

　　이곳이 천국입니다.

　　　　(주노와 시어리스가 속삭이다가 아이리스를 심부름 보낸다)

프러스퍼로　　　　여보게, 자, 이제 조용!

　　주노와 시어리스가 심각하게 속삭이고 있군.

　　무언가 다른 할 일이 있는 것 같아. 조용히 하고 입 다물게.

　　그렇지 않으면 우리의 주문이 망가질 거야.

아이리스　　물푸레 화관을 쓰고 언제나 순박한 표정을 짓는

　　굽이굽이 흐르는 개울의 요정들이여,

물결치는 개울을 떠나 다들 이곳 녹지로
오거라, 주노의 명령이다.
순결한 요정들이여, 늦지 않게 와서
진정한 사랑의 약혼을 축하하는 일을 도와라.

몇몇 물의 요정들 등장.

8월의 햇볕에 지쳐 그을린 너희 추수꾼들이여,
사래를 벗어나 이리 와 즐기시오.
밀짚모자를 쓰고 축제를 즐기시오.
이들 순결한 요정들과 짝지어 각자
시골 춤을 추시오.

의상을 갖춰 입은 몇몇 추수꾼 등장. 요정들과 어울려 우아한
춤을 춘다. 춤이 끝날 즈음 프러스퍼로가 갑자기 경악을 하며
일어나 말한다. 그런 뒤 이상하고 공허하며 혼란스러운 소리에
맞춰 이들이 슬퍼하며 사라진다.

프러스퍼로   (방백) 그놈의 금수 캘리번과 그의 공모자들이
　　내 목숨을 노리는 더러운 음모를 꾸몄다는 사실을
　　깜박 잊고 있었군. 그들의 음모의 시간이 거의 되었구나.
　　(요정들에게) 잘했다! 물러가라. 이제 그만하면 되었다!
퍼디낸드   이상한 일이군. 부친께서 강한 격정에
　　사로잡혀 계시는군요.

미랜다　　　　　　　오늘 이전에는

아버지가 이렇게 기분 상해서 화내시는 걸 본 적이 없는데.

프러스퍼로　마치 실망한 듯 자네는

불편해 보이는군. 걱정 말고 힘내게나.

우리의 놀이는 끝났네. 이 배우들은

내가 앞서 말했듯이 모두 정령들이어서

공기 중으로, 엷은 공기 중으로 녹아 버렸다네.

이 환상이라는 기초 없는 구조물처럼

구름을 머리에 인 탑들, 화려한 궁궐들,

장엄한 사원들, 이 거대한 지구 자체,

그래, 이곳에 있는 모든 것들이 무르녹아 없어질 것이고,

사라진 이 실체 없는 가면극처럼

흔적도 남기지 않을 거라네. 우리는 꿈처럼

허망한 물건이지. 우리의 작은 인생은

잠으로 둘러싸여 있고. 여보게, 내 마음이 불편해 그러니

내가 이러는 것을 참아 주게나. 내 늙은 머리가 혼란스럽군.

내 문제로 걱정하지 말게.

두 사람은 괜찮다면 내 움막으로 들어가서

쉬도록 하게. 나는 이 흥분된 마음을 진정시키기 위해

한두 바퀴 걸을 심산이니.

퍼디낸드와 미랜다　　　　　평안하시기를 빕니다.　　(퇴장)

프러스퍼로　곧장 이리 오너라. 고맙다. 여봐라, 에어리얼.

에어리얼 등장.

에어리얼　분부만 내리십시오. 무슨 일이십니까?

프러스퍼로　　　　　　　　　　　　　　정령이여,
캘리번과 만날 준비를 해야겠다.

에어리얼　알겠습니다, 주인님. 제가 시어리스 역할을 했을 때,
그것에 관해 주인님께 말씀드렸다고 생각합니다. 그러나
화를 내실까 봐 겁이 났습니다.

프러스퍼로　다시 말해 봐라, 그 악당들을 어디에 두었다고
했지?

에어리얼　말씀드렸듯이 그들은 코가 빨개지도록 고주망태가
되었습니다. 술김에 만용이 가득해 바람이 얼굴을 때린다며
공기를 칼로 가르고, 자기들 발에 입 맞춘다며
땅을 때렸습니다. 그렇지만 항상 자기들의 계획을
잊지는 않았습니다. 그때 제가 북을 두드렸고,
그 소리에 그들은 길들여지지 않은 망아지처럼 귀를 후비고,
눈을 치켜뜨고서 마치 음악 소리를 냄새 맡는 듯
코를 치켜 올렸습니다. 그들의 귀에다 마법을 걸어 놨더니
연약한 정강이를 찌르는 가시덤불, 날카로운 가시금작화,
콕콕 쏘는 엉겅퀴와 가시나무를 뚫고 그들은 송아지처럼
제 북소리를 따라왔습니다. 마침내 저는 주인님 움막 너머
이끼 덮인 웅덩이에 그들을 빠뜨려 놨습니다.
더러운 물웅덩이를 턱까지 차오르도록 헤집어 놔서
악취가 그들의 발가락 냄새보다 지독합니다.

프러스퍼로　　　　　　　　　　　　　　잘했구나, 애야.
계속 보이지 않는 투명한 모습을 유지해라.

내 집 안에 있는 잡동사니들을 가져오너라,

이 도둑들을 붙잡을 미끼로 써야겠다.

에어리얼   갑니다, 가요. (퇴장)

프러스퍼로   교육도 소용 없는 천성을 지닌 악마, 타고난 악마,

이놈에게 내가 인간적으로 쏟아부었던 그 수고는

다 수포가 되었구나, 모두 수포가 되었어.

나이를 먹으며 그놈의 몸이 더 흉측해지는 것과 마찬가지로

그놈의 마음도 병들어 가는군. 고래고래 소리 지를 때까지

이놈들을 모두 혼쭐내 줘야겠다.

반짝거리는 옷가지 등을 들고 에어리얼 다시 등장.

자, 그것들을 이 줄 위에다 걸어 놔라.

(프러스퍼로와 에어리얼, 멀리 떨어져 비켜선다)

캘리번, 서배스천, 트린큘로가 모두 젖은 채로 등장.

캘리번   눈먼 두더지가 발자국 소리를 듣지 않도록 제발

조용히 걸으시오. 이제 그의 움막 근방에 도달했습니다.

서배스천   이봐, 괴물, 네가 순진한 요정이라고 말하던 그 요

정은 우리를 골탕 먹이기만 했잖아.

트린큘로   이놈아, 온통 말 오줌 냄새 천지라 코가 따가워 죽

겠어.

스테퍼노   내 코도 그래. 이놈아, 알아듣겠어? 내 마음에 들지

않으면, 넌 명심해야 될 거야—

트린큘로 그땐 넌 골로 가는 거지.

캘리번 착한 주인님, 제게 계속 은혜를 베풀어 주세요.
제가 가져다 드릴 선물은 이 불운을 보상하게 될 테니
화내지 마세요. 그러니 조용히 말씀하세요.
주변이 온통 한밤중처럼 조용합니다.

트린큘로 그러지. 하지만 웅덩이에서 술병들을 잃어버린 것
은—

스테퍼노 그것은 수치와 치욕일 뿐 아니라 엄청난 손실이지.

트린큘로 나한테는 젖은 것보다 그게 더 큰일이야. 그런데도
네놈은 네가 말한 요정이 순진하다고 떠드는구나.

스테퍼노 귀가 잠길 정도로 잠수를 해서라도 술병을 찾아오
겠어.

캘리번 나의 왕이시여, 제발 조용히 계세요. 보시다시피
여긴 그자의 움막 입구입니다. 소리 내지 말고 들어가세요.
이 섬의 주인이 되시고, 저 캘리번을 주인님의 영원한
하인으로 만들 그런 행운을 가져다줄 악행을
잘 수행하십시오.

스테퍼노 악수하세. 이제 나는 잔인한 생각들을 갖기 시작
했어.

트린큘로 오, 스테퍼노 왕이여! 오, 양반이여! 오, 용감한 스
테퍼노! 여기 얼마나 화려한 옷장이 그대를 위해 펼쳐져
있는지 보시오!

캘리번 이 바보 양반아, 그것들은 단지 쓰레기에 불과하니

가만두시오.

트린큘로 오, 괴물 주제에! 우리도 헌 옷 가게에 있는 것쯤은 구별할 줄 알아. 오, 스테퍼노 왕이시여!

스테퍼노 트린큘로, 그 외투를 벗어라. 맹세코 그 외투는 내가 입어야겠다.

트린큘로 폐하, 그렇게 하시죠.

캘리번 이 얼간이가 수종증에 걸려 뒈져 버렸으면! 대체 왜 그런 허접한 물건들에 반한단 말이오? 그것들은 가만두고 먼저 살인을 합시다. 만약 그자가 깨어 있다면 머리에서 발끝까지 우리의 살갗을 온통 멍들게 해서 우릴 괴상한 물건으로 만들어 버릴 겁니다.

스테퍼노 이놈아, 너도 조용히 해. 밧줄이여, 이것은 내 가죽 저고리가 아닌가? 자, 이제 내 가죽 저고리는 적도선 아래에 있으니, 가죽 저고리야, 너는 머리가 빠질 것 같구나. 그러면 털 없는 가죽 저고리가 되겠지.[11]

트린큘로 옳소, 옳소. 폐하가 좋으시다면, 줄자와 수평자에 의거해 체계적으로 훔치죠.

스테퍼노 그 농담 고맙군. 그 대가로 이 옷을 받게나. 내가 이 섬의 왕으로 있는 한, 기지는 보상을 받게 될 것이다. 〈줄자와 수평자에 의거해 체계적으로 훔치다〉라는 표현은 멋진 한 방이야. 그 대가로 이 옷도 가지게.

트린큘로 이놈아, 너도 손가락에 끈끈이를 바르고 나머지 물

---

11 옷가지들이 걸린 밧줄, 또는 빨랫줄을 여자의 허리띠와 비교한 말장난. 머리에 털이 빠진다는 말은 매독에 걸렸다는 뜻이다.

건들을 챙겨라.

캘리번   그것들은 하나도 갖지 않겠어요. 이러다 우린
기회를 놓치고, 다들 따개비나 이마가 흉측하게 낮은
원숭이로 변하게 될 겁니다.

스테파노   이놈아, 너도 손을 거들어 이것을 내 큰 술통이 있
는 곳으로 옮겨 놓도록 해라. 안 그러면 내 왕국에서 너
를 쫓아내 버리겠다. 자, 이 옷을 가져가라.

트린큘로   이것도.

스테파노   그래, 그리고 이것도.

사냥꾼들의 소리. 사냥개 모습을 한 정령들이 등장하여 이들을
찾는다. 프러스퍼로와 에어리얼이 개들에게 공격 명령을 내린다.

프러스퍼로   자, 마운틴, 자!

에어리얼   실버! 그렇지, 실버!

프러스퍼로   퓨리, 퓨리! 저기다, 타이런트, 저기! 물어라, 물어!
(캘리번, 스테파노, 트린큘로 쫓겨난다)
가서 나의 정령들에게 명령해라, 저자들의 관절에
아픈 경련이 일게 하고, 힘줄을 줄여서
노인에게 흔한 경련을 가져다주고, 표범보다 더한
멍 자국을 저 인간들의 온몸에 내도록 하라고.

에어리얼   들어 보세요, 저자들이 비명을 지릅니다!

프러스퍼로   흠씬 공격을 받도록 두어라. 지금 이 시간
내 모든 적들이 내 처분에 달렸구나.

곧 내 일이 모두 끝나면 너는
자유롭게 공중을 날 것이다. 잠시만
따라와 내 일을 하도록 해라.   (퇴장)

제5막

제1장

(프러스퍼로의 움막 앞)

프러스퍼로가 마법사 옷을 입고 등장. 에어리얼 등장.

프러스퍼로　　이제 내 계획이 절정에 이르렀군.

　　주문도 실패하지 않고 정령들은 말을 잘 듣고, 시간도

　　홀가분하게 잘 흐르고 있군. 몇 시쯤 되었느냐?

에어리얼　　6시입니다. 주인님 말씀대로라면

　　우리의 일이 끝날 시간입니다.

프러스퍼로　　　　　　　　처음 폭풍우를 일으켰을 때

　　내가 그렇게 말했지. 그런데

　　왕과 그의 추종자들은 어떻게 되었느냐?

에어리얼　　　　　　　　　주인님께서 놔두신 그대로,

　　명령하신 바와 똑같은 방식으로

　　함께 갇혀 있습니다. 주인님 움막의 바람막이가 되어 주는

라임나무 숲에 모두들 죄수로 남아 있습니다.
주인님이 풀어 주시기 전에는 꼼짝도 할 수 없죠. 왕과
그 동생과 주인님의 동생 세 사람은 모두 넋이 나갔고,
나머지는 슬픔과 절망으로 가득 차서
넋이 나간 사람들 때문에 슬퍼하고 있습니다. 주인님께서
〈착하고 늙은 신하 곤절로〉라고 한 이가 특히 그렇습니다.
갈댓잎 지붕 처마에서 고드름이 방울져 떨어지듯
눈물이 그의 턱수염을 타고 흘러내리고 있지요.
그들에게 주인님의 주문이 너무나 강하게 걸려 있어
지금쯤 그들을 보신다면 마음이 더 약해지실 겁니다.

프러스퍼로   그렇게 생각하느냐?

에어리얼 제가 인간이라면 그럴 것 같습니다.

프러스퍼로   나도 그럴 것이다.
공기에 불과한 네가 그들의 고통을 느끼고 감동을 받는데,
그들과 마찬가지로 날카로운 고통을 느끼는
동족 중 한 명인 내가
너보다 더 인간애를 느끼지 않겠느냐?
내가 비록 그들의 큰 잘못으로 급소를 찔렸지만,
복수를 반대하는 내 고결한 이성의 편을
나는 따르겠다. 더 가치 있는 행동은 복수보다
용서이니. 그들이 회개하고 있으니
내가 목적한 유일한 뜻은 한 치라도 더 해를
끼치지 않는 것이다. 에어리얼, 가서 그들을 풀어 주어라.
내 주문을 풀고 그들의 정신을 회복시켜서

다시 온전하게 해줄 것이다.

에어리얼   그들을 데려오겠습니다. (퇴장)

프로스퍼로   언덕과 개울과 잠겨 있는 호수와 숲의 요정들이여,
발자국 내지 않고 모래사장에서 썰물의 바다를 뒤쫓다
밀물이 들어오면 바다에서 날아 도망치는
그대들이여, 달빛 속에서 풀매듭을 묶어
양들이 뜯어 먹지 못하도록 하는
그대 인형 같은 정령들이여,
밤중에 버섯을 자라게 하는 놀이를 즐기는 그대들이여,
엄숙한 저녁 종소리를 듣기 좋아하는 그대들이여,
비록 그대들 힘은 약하나 그대들의 도움으로 나는
정오의 태양을 흐리게 했고, 태풍을 불러내어
푸른 바다와 푸른 하늘 사이에 요동치는 전쟁을
일으켜 놓았다. 지축을 흔드는 무서운 천둥에
번개를 입혔고, 번개로 주피터의 두툼한
참나무를 쪼개 버렸다. 기반이 튼튼한 반도를
나는 흔들어 놓았고, 뿌리째 소나무와 향나무를
뽑아 버렸다. 내 명령에 무덤이 잠든 시체들을 깨웠고,
내 강력한 마법의 힘으로 무덤 문을 열고
이들을 내보냈다. 그러나 이 거친 마법을
나는 이곳에서 버리겠다. 바로 지금처럼,
공기 중의 소리, 음악의 목적은 그런 것이기에,
천상의 음악에게 내가 마술로 목표했던
그들의 감각을 일깨워 달라고 부탁했으니,

이제 마술 지팡이를 분질러 땅속 깊이
묻어 버리겠다. 그리고 심연 모를 깊은 바다에
내 책을 묻겠다.   (엄숙한 음악 소리)

앞장서서 에어리얼 등장. 뒤이어 앨론조가 곤절로의 보살핌을
받으며 미친 것 같은 몸짓으로 등장. 에이드리언과 프랜시스코의
부축을 받아 서배스천과 앤토니오가 같은 방식으로 등장.
모두 프러스퍼로가 만들어 놓은 원 안으로 들어와 주문에
걸린 듯 거기 선다. 이를 보고 있던 프러스퍼로가 입을 연다.

혼란스러운 상상을 치료하는 엄숙한 곡조,
최고의 위안자인 음악이 앨론조 그대의 두개골 안에서
끓고 있는, 그대의 무용한 영혼을 고쳐 줬으면! 그대는
주문에 걸렸으니 거기 서 있으라.
존경스러운 훌륭한 곤절로여,
그대 모습에 측은해진 내 눈들이여,
동정의 눈물을 흘려라. 주문은 곧 풀릴 것이다.
아침이 어둠을 사르고 밤에 도둑처럼
스며들 듯이, 저들의 정신이 돌아오면
이성을 감싸고 있는 무지의 안개를
걷어 가기 시작하겠지. 오, 착한 곤절로여,
내 목숨의 보전자이자, 현재 섬기는 왕의
충실한 신하여! 내 말과 행동으로 그대의 선행들을
힘껏 보답하겠소. 앨론조여, 그대는

나와 내 딸을 정말로 잔인하게 대했소.

그대 동생이 그 모반의 조력자였지.

서배스천, 그대는 그 대가로 지금 고통을 겪는 거요.

내 혈육인 동생, 너는 야심에 눈멀어

연민과 형제애를 저버리고, 서배스천과 더불어

―이로 인해 그는 가장 극심한 양심의 가책을 겪었지만―

너의 왕을 죽일 뻔했다. 너는 인간도 아니지만

용서하겠다. 이제 저들의 제정신이

돌아오고 있으니, 지금은 더러운 갯벌을

드러내고 있는 저 해안을 머지않아

이성의 물길이 채우겠군. 그들 가운데 누구도

아직은 나를 쳐다보거나 알아볼 수 없지. 에어리얼,

가서 내 움막에 있는 모자와 칼을 가져오너라.

이 옷을 벗고 전에 밀라노의 공작이었던 그 모습대로

나를 보여 주겠다. 빨리 다녀오너라.

곧 자유롭게 해주겠다.

에어리얼이 돌아와 노래하며 프로스퍼로가 옷 입는 것을 돕는다.

에어리얼   꿀벌들이 꿀을 빠는 곳을 나도 빨지.

앵초 삿갓에 누워

올빼미들 우는 밤이 되면 거기서 잠을 자지.

박쥐 등에 올라타고 노래하며

여름을 찾아서 날아가지.

가지에 매달린 꽃송이 아래서
즐겁게, 즐겁게 나는 살리라.

프러스퍼로   근사하구나, 에어리얼. 너를 그리워하게 될 거야.
곧 자유롭게 될 거야. 좋아, 좋아, 훌륭해.
눈에 띄지 않게 왕의 배로 가거라.
수부들이 선창 밑에 잠들어 있을 것이다.
선장과 갑판장을 깨워서
이곳으로 끌고 오너라.
제발 서둘러라.

에어리얼   맥박이 두 번 뛰기도 전에 잽싸게
다녀오겠습니다.   (퇴장)

곤절로   (방백) 고문과 고통과 경이와 신비가
모두 이곳에 있구나. 하늘이시여, 우리가 이 무서운
곳에서 빠져나가도록 인도해 주소서!

프러스퍼로   (앨론조에게) 폐하, 보시지요,
억울하게 쫓겨난 밀라노의 공작 프러스퍼로를 말입니다.
살아 있는 군주가 폐하께 말을 걸고 있다는 사실을
확실히 하기 위해 폐하의 몸을 안아 드리죠.
폐하와 폐하의 종자들을 진심으로
환영하는 바입니다.

앨론조   그대가 그자인지 아닌지,
아니면 최근에 내가 당했던 것처럼 나를 속이기 위한
마법의 속임수인지 어쩐지 나는 모르겠소. 살아 있는
사람처럼 그대 맥박이 뛰고 있구려. 그대를 본 후로

116

내 마음을 사로잡았던 마음의 고통이
가시고 있소. 이게 꿈이 아니라면 정말로
믿을 수 없는 이야기요.
그대의 공국에 대한 통치권을 나는 포기하니,
내 잘못을 용서해 주시오. 그렇지만 어떻게 해서
프러스퍼로가 이곳에 살아 있단 말이오?

프러스퍼로   (곤절로에게) 훌륭한 친구여, 먼저
그 영예 측량할 수 없는 늙은 그대를
포옹하게 해주시오.

곤절로   이게 꿈인지
생시인지 모르겠습니다.

프러스퍼로   그대들은 확실한 것들마저
믿지 못하게 하는 이 섬의 환상에 여전히
빠져 있소. 친구들이여, 다들 잘 오셨습니다!
(서배스천과 앤토니오에게 방백) 그렇지만 그대 두 대신들은
내가 마음만 먹는다면 폐하의 진노가 그대들 머리 위에
떨어지고, 그대들을 모반자로 단죄하도록 할 수 있지.
그러나 지금은 아무 얘기도 하지 않겠다.

서배스천   (방백) 저자에게 악마가 들었군.

프러스퍼로   아니오.
(앤토니오에게) 형제라고 부르기에는 내 입이 더러워질
너에 대해선, 가장 추악한 죄인이지만
그 죄를 용서하겠다. 그러니 주인에게 돌려주어야 하는
내 공국을 내놓아라.

앨론조   그대가 정말 프로스퍼로가 맞다면

어떻게 살아남았는지 구체적으로 말해 보시오.

세 시간 전 이 해안에서 난파당한 우리를

어떻게 만났는지 말해 보시오. 기억만 해도

가슴이 찢어지거니와 나는 이곳에서

사랑하는 아들 퍼디낸드를 잃었소.

프로스퍼로   폐하, 그 점에 대해서는 죄송합니다.

앨론조   되돌릴 수 없는 손실이어서

도대체 견딜 수가 없소.

프로스퍼로   저도 비슷한 아픔을 겪었지만

조용히 참고 기다렸습니다. 폐하도 조금 더

참고 기다려 보시는 것이 좋겠습니다.

앨론조   그대도 같은 아픔을 겪다니!

프로스퍼로   비슷한 손실을 최근에 겪었습니다. 더군다나

그 큰 아픔을 견딜 만한 방법이 저는 없습니다. 폐하는

위로해 줄 사람이라도 있으시지만 저는

딸을 잃었습니다.

앨론조   딸이라고요?

오, 맙소사, 만약 그들이 나폴리에 살아 있었더라면

왕과 왕비가 되었을 텐데! 그럴 수만 있다면,

내가 아들이 묻힌 그 갯벌에 묻혀도

좋으련만. 어디서 딸을 잃어버렸소?

프로스퍼로   지난 폭풍우에서였습니다. 제가 보기에,

이들 대신들은 이번 만남에 너무나 놀라 이성을 잃어서

자신들의 눈이 제대로 보고 자신들의 말이
인간의 말이라고 생각하지 못하고 있는
정도인 것 같습니다. 그러나 아무리 폐하의 넋이
나갔다 하더라도 확실히 알아 두시죠.
저는 밀라노에서 쫓겨난 바로 그 공작인
프러스퍼로입니다. 폐하가 난파당한
이 해안에 저는 기적적으로 상륙해서
이 섬의 주인이 되었죠. 그러나 이 이야기는 그만하지요.
아침 식탁에서 할 수 있는 얘기도 아니고, 더군다나
첫 만남에서 주고받기에는 적절치 않은, 다 얘기하자면
며칠이 걸릴 한 많은 사연이니까요. 잘 오셨습니다, 폐하.
이 움막이 제 궁전입니다. 시종도 없고,
백성도 저 말고는 없습니다. 들어가시지요.
저에게 다시 돌려주신 제 공국에 대해선
그만한 가치가 있는 것으로 폐하께 보답하겠습니다.
제가 공국으로 만족하는 만큼 적어도 폐하를 만족시킬
기적을 보여 드리겠습니다.

여기서 프러스퍼로는 퍼디낸드와 미랜다가 체스 놀이를
하고 있는 모습을 보여 준다.

미랜다   낭군님, 나를 속이시는군요.

퍼디낸드   그럴 리가 있습니까.
온 세상을 다 준다 해도 그대를 속일 수는 없지요.

미랜다   스무 개쯤의 왕국이 걸려 있다면 속이시겠지요.

그 정도라면 나도 속임수가 아니라고 인정하죠.

앨론조   이것이 이 섬의

환영이라면, 소중한 아들 하나를

두 번이나 잃게 되는 셈이군.

서배스천   정말 대단한 기적이군!

퍼디낸드   바다가 으르렁대기는 해도, 역시 자비롭군요.

괜히 저주를 퍼부었습니다.

앨론조   자, 이제 환희에 찬 아버지의

온갖 축복이 너를 감싸기를!

일어나서 어떻게 이곳에 오게 되었는지 말해 보거라.

미랜다   오, 기적이여!

얼마나 많은 멋진 인간들이 이곳에 모였는지!

인간은 얼마나 아름다운가! 오, 훌륭한 신세계여,

저런 인간들이 거기 있다니!

프러스퍼로   그래, 너에게는 새롭겠지.

앨론조   (퍼디낸드에게) 같이 놀던 그 처녀는 누구냐?

고작해야 세 시간밖에 안면이 없는 사이겠구나.

우리들을 떼어 놨다가

이렇게 만나게 해준 여신이냐?

퍼디낸드   폐하, 그녀는 인간입니다.

그러나 불멸의 신의 뜻으로 제 사람이 되었습니다.

아버지의 의견을 물을 수 없는, 아버지가 돌아가셨다고

생각되는 상황에서 그녀를 선택했습니다. 그녀는

전에 뵌 적은 없지만 익히 명성은 들은 바 있는
이 유명한 밀라노 공작의 따님입니다.
그에게서 저는 두 번째 삶을 얻었습니다.
이 여인이 공작을 저의 두 번째 아버지로
만들어 주었습니다.

앨론조　　　　　　　나도 그녀의 아비가 되었구나.
그렇지만 자식에게 용서를 빌다니
참 야릇하게 되었구나!

프러스퍼로　　　　　자, 그만하시죠, 폐하.
지나간 슬픔을 기억해 괴로워하며
서로 부담 갖지 맙시다.

곤절로　　　　　　　저는 가슴속으로 울었습니다.
안 그랬더라면 벌써 입을 열었을 겁니다. 신들이시여,
내려다보시고 이 한 쌍에 축복의 왕관을 내려 주소서!
우리를 이곳으로 인도한 길을 마련한 건
다름 아닌 그대들이십니다.

앨론조　　　　　　　　동감이오, 곤절로!

곤절로　자식이 나폴리의 왕이 되게 하려고 밀라노의 공작이
밀라노에서 쫓겨났단 말인가? 오, 더할 나위 없이
즐거워하라! 그리고 영원한 돌기둥에다
황금으로 이렇게 새겨 놓아라. 〈한 번의 항해로
클래리벌은 튀니스에서 남편을 맞았고,
오빠 퍼디낸드는 실종된 곳에서 아내를 맞았고,
프러스퍼로는 작은 섬에서 공국을 되찾았고, 우리 모두는

제정신이 아니었다가 멀쩡해졌다.〉

앨론조　　　(퍼디낸드와 미랜다에게) 손을 이리 다오.
너희의 축복을 바라지 않는 사람에게 고난과
슬픔이 항상 뒤따르기를!

곤잘로　　　　　　　　　　그리될지어다! 아멘!

　　　　　　놀라서 뒤따르고 있는 선장과 갑판장을 데리고
　　　　　　　　　　에어리얼 다시 등장.

오, 저기 보세요, 폐하, 저기 보세요! 일행이 더 생겼습니다.
제가 말씀드렸죠, 땅에 교수대가 서 있는 한
이 친구는 익사하지 않을 것이라고. 갑판 위에서
저주를 퍼붓던 악담 양반, 육지에서는 욕을 하지 않는가?
육지에서는 벙어리가 되었나? 무슨 소식이라도?

갑판장　　최고의 소식은 폐하와 대신들이
안전하다는 것입니다. 다음으로는 세 시간 전만 해도
난파당한 것으로 간주됐던 배들이 처음 출항할 때와
마찬가지로 멀쩡하고 날렵하게 훌륭한 선구들을
갖추고 있다는 것입니다.

에어리얼　　(프러스퍼로에게 방백) 주인님, 제가 가서
이 일들을 다 해치웠습니다.

프러스퍼로　　(에어리얼에게 방백) 솜씨 좋은 나의 정령이여!

앨론조　　이것은 보통 일들이 아니라, 갈수록
신기하구나. 그래, 어떻게 이곳으로 오게 되었느냐?

갑판장 폐하, 도대체 깨어 있었더라면 어떻게든

말씀드려 보겠지만, 저희는 완전히 곯아떨어졌습니다.

그리고 영문도 모르게 선창 아래 갇혔습니다.

그곳에서 이상한 비명 소리, 꽥꽥 소리, 울부짖는 소리,

쇠사슬 부딪치는 소리, 그 외에 여러 가지 온갖

끔찍한 소리 때문에 불과 조금 전에 깨어났습니다.

깨어나자마자 자유의 몸이 되었고

모든 게 멀쑥한 채 늠름하고 멀쩡하며 멋진 우리의 배를

두 눈 뜨고 보게 되었습니다. 선장은

배를 보고서 기뻐 춤을 췄습니다.

마치 꿈에서처럼 순식간에 우린 나머지 선원들과 떨어져서

어리둥절한 상태로 이곳으로 오게 되었습니다.

에어리얼   (프러스퍼로에게 방백) 잘했죠?

프러스퍼로 (에어리얼에게 방백) 훌륭해, 수고했다. 너는 이제

자유다.

앨론조 이것은 인간이 경험한 것치고 가장 요상한 미로다.

이것은 자연의 조화가 아니야.

신탁을 들어 봐야

확실하게 알 수 있겠군.

프러스퍼로   폐하,

이 일이 이상하다고 걱정하시며

마음을 상하지 마십시오. 잠시 뒤 한가로운

순간을 택해서, 폐하께 그럴 듯해 보이는 방식으로

지금까지 일어난 일들을 낱낱이 설명해

드리겠습니다. 그때까지는 마음을 놓으시고 다들
좋게 생각하십시오. (에어리얼에게 방백) 자, 이리 오너라.
주문을 풀어서 캘리번과 그의 일행들을
놓아 주어라. (에어리얼 퇴장) 폐하, 기분이 어떠십니까?
일행 가운데 폐하가 기억하지 못하는
기괴한 몇 사람이 셈에서 빠져 있습니다.

　　　훔친 옷을 입고 있는 캘리번, 스테퍼노, 트린큘로를
　　　　　　몰아세우며 에어리얼 다시 등장.

스테퍼노　각자 나머지 사람들을 돌보고, 누구도 자신만을 염
　　　려해서는 안 된다. 만사가 다 운이야. 자, 괴물 친구, 용
　　　기를 내, 용기를!
트린큘로　내 머리에 박혀 있는 이것들이 진짜 눈이라면, 이
　　　건 굉장한 광경이군.
캘리번　오, 세테보스여, 이들은 정말 훌륭한 정령들이군!
　　　차려입은 주인님은 얼마나 근사한가! 나를 혼낼까 봐
　　　겁나는군.
서배스천　　하, 하!
　　　앤토니오 경, 이것들이 다 무엇이오?
　　　돈으로 살 수 있는 것들이오?
앤토니오　　　　　　　　　　가능하겠지요. 그들 중 하나는
　　　단순한 물고기이고, 틀림없이 시장에 내다 팔 수 있을 거요.
프러스퍼로　여러분들, 이자들의 표식을 주목해 보시고

진짜인지 말씀해 보시오. 이 못생긴 녀석의
어미는 마녀였소. 그것도 달을 조종해서
조수간만을 마음대로 하고, 달의 힘을 빌리지 않고서도
달의 영향력을 행사할 수 있을 정도로 막강한 마녀였소.
이들 세 사람이 내 옷을 훔쳤소. 악마의 자식으로
반은 악마인 이놈이 내 목숨을 앗아 가도록
이들과 공모했소. 이들 가운데 두 사람은 여러분도
안다고 인정하는 자들입니다. 이 어둠의 자식을 나는
내 것이라고 인정하는 바입니다.

캘리번   죽도록 멍이 들겠구나.

앨론조   이자는 스테퍼노, 내 술 취한 집사가 아닌가?

서배스천   그는 취했습니다. 술을 어디서 났지?

앨론조   트린큘로도 완전히 휘청거리고 있군. 이 많은 술이
도대체 어디서 나서 이렇게들 벌개졌단 말인가?
너는 어쩌다 이 지경이 되었느냐?

트린큘로   폐하를 마지막 본 이후로 제 생각으로는 뼛속까지
절어서, 저에게는 쉬파리도 끓지 못할 것입니다.

서배스천   그래, 자네는 어떤가, 스테퍼노!

스테퍼노   오, 나를 건드리지 마시오. 배가 뒤틀려 토하기 직
전이오.

프러스퍼로   이놈아, 섬의 왕이 되겠다고?

스테퍼노   엄한 왕이 되었을 것인데.

앨론조   (캘리번을 가리키며) 이자는 내가 본 것 중에 가장 괴
상하게 생겼군.

프러스퍼로   생김새만큼이나 심성도

뒤틀린 녀석입니다. 이놈아, 내 움막으로 가거라.

네 동료들도 데리고 가라. 내 용서를

구하고 싶다면, 움막을 깨끗하게 치워 놓아라.

캘리번   그렇게 하겠습니다. 앞으로는 더 현명해지고

용서를 빌겠습니다. 이 술주정꾼을 신으로 여기고,

이 어리석은 바보를 섬기다니

나는 얼마나 대단한 얼간이였던가!

프러스퍼로   자, 물러가라!

앨론조   물러가서, 그 옷가지들을 원래 자리에다 두어라.

서배스천   훔쳤던 자리 말이다.

프러스퍼로   폐하와 폐하의 시종들을 제 누추한 우거로

모실 것이니, 그곳에서 오늘 하룻밤을

편안하게 쉬십시오. 제 얘기를 듣다 보면

오늘 밤 시간이 틀림없이

쉬이 갈 것입니다. 제 인생사와

이 섬에 당도한 이후 일어났던 낱낱의 일들을

모두 말씀드리겠습니다. 그리고 아침이 되면

폐하의 배로 모셔다 드리지요. 그 배로 나폴리로

돌아가게 되실 겁니다. 거기서 이 두 연인들의

결혼식을 성대하게 치르기를 저는 바라고 있습니다.

그런 뒤 밀라노로 돌아가

죽음을 생각하며 여생을 보낼 작정입니다.

앨론조   놀라운 이야기로

귀를 사로잡을 그대의 인생사를

듣고 싶소.

프러스퍼로   죄다 말씀드리죠.

이미 멀찌감치 앞서간 폐하의 배들을

따라잡을 수 있는 잔잔한 바다와 순풍과 쾌속 항해를

약속드립니다. (에어리얼에게 방백) 사랑스러운 에어리얼아,

이 일을 잘 처리하고 자연으로 돌아가

자유의 몸이 되어라. 잘 가라! 자, 다들 가시죠. (모두 퇴장)

에필로그

프러스퍼로의 종막

이제 나는 마법을 다 버렸고
내가 가진 힘이란
미약하기 짝이 없는 나 자신만의 것.
이제 나를 여기 묶어 두거나 나폴리로 보내는 것은
정녕 여러분에게 달렸습니다.
이제 공국도 되찾았고,
속인 자도 용서했으니 여러분의 주문으로
저를 이 황량한 섬에 머물지 않게 해주세요.
여러분의 큰 박수로 저를 굴레에서 벗어나게 해주세요.
여러분의 친절한 칭찬이
제 돛을 세울 것입니다.
아니면 여러분을 즐겁게 하려던
제 계획은 실패입니다. 나는 이제
부릴 정령들도, 주문을 걸 마술도 없습니다.

자비의 하나님을 폐부까지 찔러
잘못을 다 사면해 줄 그런 감동적인
기도의 힘으로 제가 풀려나지 않는다면,
제 마지막은 절망일 따름입니다.
여러분이 죄에서 사면되기를 바라듯이
여러분의 면죄부로 저를 자유롭게 해주세요.   (퇴장)

「폭풍우」와 국외자 담론

20세기 후반, 구체적으로는 1980년대에 들어와서 〈문화 시학〉, 〈신역사주의〉, 〈문화 유물론〉 등의 다양한 이름으로 제기된 문학 작품에 대한 정치적 해석 운동에 의해 가장 집중적으로 재조명받은 작품 가운데 하나가 셰익스피어의 「폭풍우」이다. 하워드 펠퍼린Howard Felperin이 주장하듯이 〈셰익스피어의 극작품 중에서 「폭풍우」만큼 신역사주의의 정치적 관심과 에너지를 철저하게 끌어 모은 작품은 없다〉. 이러한 현상은 다만 20세기 후반에 와서 두드러진 것이 아니라 1870년대 영국의 대영제국 건설이라는 거대한 식민 정책의 기획과 동궤를 그으며 발전해 온 것이다. 새뮤얼 테일러 콜리지Samuel Taylor Coleridge가 캘리번을 프랑스 혁명기의 자코뱅주의Jacobinism의 기원이자 희화화로 본 것에 반대하여, 윌리엄 해즐릿William Hazlitt은 캘리번이야말로 섬의 합법적인 주인이며, 프러스퍼로와 그 일파는 그들의 우월한 재능과 지식의 힘으로 캘리번이 물려받은 영토 밖으로 그를 내쫓은 찬탈자들이라고 주장한다. 해즐릿에 따르면, 프러스퍼로는 이 마법의 섬에서 루이 18세와 같은 절대권을 행사하는 존재이며, 갑자기 출현한 철학자인 프러스퍼로의 딸을 공격해 봤자 캘리번은 자신의 영토에 대한 천부적 주권의 계승을 스스로 막아 낼 수 없었을 것이다. 해즐릿은 이미 빅토리아 시대 식민주의의 맥락 안에서 이 작품에 지배와 피지배, 자유와 억압이라는 관점으로 정치적인 해석을 가하고 있다.

해즐릿이 빅토리아 시대의 주도적인 식민주의 담론에 비판적인 관점에서 캘리번을 변호하고 있다면, 베드퍼드 Bedford 문법 학교의 교장이었던 필포츠J. S. Phillpotts의 관점은 식민주의를 정당화하는 쪽으로 이 작품을 해석하는 경향을 대변한다고 할 수 있다. 리빙턴스Rivingtons 출판사 〈영어 학습 고전〉의 일부로 기획된 「폭풍우」에 대한 서문에서 필포츠는 문명과 교화라는 명분으로 〈야만인들〉에 대한 지배와 종속화를 정당화한다.

캘리번이라는 인물은 우리 영국인들이 새로운 식민지를 발견하고 있던 때의 중요한 문제에서 특별한 의미를 지닐 수 있었을 것이다. (⋯⋯) 야만 종족들이 문명과 처음 접하게 되었을 때에 각별한 위험이 있었겠지만, 정신적이고 도덕적으로 보다 강한 자들이 힘을 찬탈하는 것을 우리는 정당화할 수 있을 것이다. 그 힘의 찬탈이 야만인들을 교육하고 인간화하는 데 사용되는 한에서 말이다.

1876년의 이 서문에서 필포츠는 엘리자베스 시대보다는 자기 시대의 주된 관심사인 식민주의를 야만인의 문명화라는 관점에서 정당화하고 있다. 특히 식민 정책 중 교육을 강조하는 데서 우리는 19세기 후반 영어와 영문학이 영국의 학교 교육에서 본격적인 중요성을 획득하는 것이 제국주의 정책의 추진과 동궤적인 사건임을 주목할 필요가 있다. 또한 필포츠의 주장에는 야만인은 인간이 아니라는 암묵적인 전제가 깔려 있으며, 야만인을 인간으로 만드는 것은 교육의 힘이라는 사실이 암시되어 있다. 이러한 주장의 배경에는 동시에 문명 사회 내부에서 교육받지 못한 〈문명인〉 역시 〈야만인〉과 다름없다는 추론이 전제되어 있으며, 따라서 〈문명〉과 〈야만〉을 확연하게 구분하기 위해서는 보통 교육이 확대 보급되어야 한다는 필요성이 강조된다. 필포츠의 발언에서 가장 흥미로운 점은 〈문명〉과 〈야만〉의 구분이 문자 해독 능력과 교양의 정도에 의거한다면, 교육의 정도에 따라 〈문명〉과 〈야만〉의 구분이 상대적인 것이 됨에도 불구하고 교육이 이러한 구분 자체를 전제로 할 때 필요하며 성립될 수 있다는 사실이다. 교육은 그 정당성을 확보하기 위해 〈야만〉을 해소함과 동시에 〈문명〉 안에 또 다른 〈야만〉을 계속해서 만들어 가는 모순을 낳는다. 이러한 모순은 식민주의 담론의 이데올로기적 특성을 반영한다.

식민주의 담론과 관련하여 「폭풍우」를 해석하려는 시도는 신역사주의 계열 비평가들 가운데서 공통적으로 드러나는 특성인데, 그 양상은 1970년부터 지속적으로 영문학 연구에 유입된 비평 이론들의 영향으로 19세기 대영제국의 인종적·문화적 우월성을 비판하는 것이다. 따라서 19세기 식민주의 찬양자들과는 다른 각도에서 이 작품은 여전히 정치적 해석의 한복판에 자리하고 있다. 폴 브라운Paul Brown에 따르면 〈이 작품은 식민지 확장에 대한 당대 영국의 투자의 흔적들을 담고 있다〉. 브라운은 굳이 이 작품의 배경을 아메리카 대륙에 국한하지 않고 르네상스 영국의 주된 식민지였던 아일랜드 쪽에 더 비중을 두면서, 이 작품을 식민주의 담론의 특징적인 작동을 엿볼 수 있는 한계 텍스트로 간주한다. 프랜시스 바커Francis Barker와 피터 홈Peter Hulme 역시 〈「폭풍우」는 식민주의 담론 안에 겹쳐 있다〉고 주장한다. 이 작품을 식민주의 담론과 연결하는 신역사주의자들은 대체로 지중해와 대서양을 기축으로 하는 구세계와 신세계의 조우에 이 작품을 자리매김한다. 피터 홈의 표현을 빌리자면 〈이 작품은 과거 어느 때보다도 복잡한 작품이 되었는데, 이 복잡성을 푸는 열쇠는 이 작품 안에서 지중해와 대서양의 참조 틀 사이의 관계를 측정하는 데 있다. 이 일은 대서양의 담론이 지중해의 용어들을 다시 쓰는 과정을 통하여 흔히 표현되는 까닭에 더욱 지난한 일이 되었다〉. 그럼에도 불구하고 홈은 이 작품에서 변방에 있는 듯한 대서양 쪽의 제재가 결국에는 중심부를 차지하고 있음이 증명된다고 주장함으로써 신세계와 조우하는 유럽인들의 경험을 강조한다. 이 작품을 신세계와 관련 지으려는 이러한 주장에 대한 반발도 만만치 않다. 제리 브로튼Jerry Brotton은 포르투갈이 16세기에

신대륙에 개척한 식민지를 네덜란드와 영국은 17세기 후반에 가서야 획득할 수 있었다는 역사적 사실을 들어, 영국이 지중해에서 이탈리아나 에스파냐에 비해 종속적인 입장에 처해 있음을 이해하고 아메리카 대륙에서 상업 및 해상의 우선권을 추구할 수 있다는 가능성을 인식하게 된 바로 그 지점, 즉 구세계와 신세계 사이의 지정학적인 분기점에 정확하게 이 작품이 자리하고 있다고 주장한다. 브로튼이 생각하기에 이 작품은 본격적인 식민지 개척의 문제점들을 극화한 작품이 아니라 유럽의 서쪽에서 새로운 식민지 개척의 가능성이 겨우 보이기 시작하는 작품이기 때문에, 여기서 본격적인 식민지 담론의 특성을 읽어 내는 것은 성급한 일이다. 바버라 푹스Barbara Fuchs 역시 이 작품을 신대륙과의 관계가 아니라 유럽 내 힘의 갈등 관계를 표현하는 것으로 파악한다. 기존에 알려진 것을 통해 미지의 것을 동화하는 〈문화적 인용〉 전략, 혹은 사회적 에너지의 유통 방식을 따라 〈흔히 영국인들은 아일랜드라는 필터를 통해서 아메리카 대륙을 지각했다〉. 푹스의 논지를 따르자면 신세계의 담론은 구세계의 담론이 덧씌워진 양피지 같은 것이기 때문에, 앞서 홉이 지적한 대로 어디까지가 구세계의 담론이고 어디까지가 신세계의 담론인지를 구분하기란 그야말로 지난한 작업이 된다. 커트 브레이트Curt Bright 역시 이 작품에서 식민주의 담론보다는 당대의 정치적 의미, 즉 국가 권력에 대한 모반과 같은 잠재적 위협이 더욱 중요한 의미를 지닌다고 주장한다.

이러한 해석상의 어려움은 우리의 관심을 언어의 작용 방식으로 이끈다. 모든 언어, 특히 창조적인 문학의 언어는 같음과 다름, 차이와 유사성, 낯섦과 친숙함, 알려진 것과 미지의 것, 가까운 것과 먼 것을 연결하는 은유를 그 축으로 하여 작용한다. 은유란 그 어원이 암시하듯이 이동*metaphorein* 혹은 운반*translatio*을 의미한다. 아리스토텔레스는 『시학』 21장과 22장에서 은유를 〈이국적인 것〉이라는 개념과의 유추를 통해서 발전시키고 있는데, 이 개념은 단지 외국인이라는 개념뿐만 아니라 방언을 쓰는 사람들도 포함한다. 은유를 지나치게 사용하면 마치 외국어처럼 알아들을 수 없기 때문에 일상 언어에 활력을 주고 새로움을 가져다주는 범위 안에서 은유를 사용하는 것이 중요하다. 은유는 일종의 이방 언어 *barbarismos*이므로, 지나친 은유는 남유*catechresis*로 떨어질 위험이 다분하다. 여기서 강조되는 것이 디코럼*decorum*이다. 흔히 비유적이며 장식적인 표현과 동일시되는 은유는 친숙한 것과 낯선 것, 이방의 것과 자국의 것 등의 경계를 오가며 이를 허물기 십상이기 때문에, 비록 경계를 넘나들더라도 그 사실을 보여 주는 인식의 꼬리표를 달고 다니는 것이 말의 예법인 〈디코럼〉이다. 다시 말해 인식 가능한 범주 안에서 비유적 표현인 은유를 사용하는 것이 중요함을 강조함으로써 아리스토텔레스 이래로 서구의 수사학자들은 일종의 외국어 같은 은유를 자국의 영역 안에 묶어 두려 지속적으로 시도했다. 제국의 이동과 확장이라는 맥락에서 식민주의는 그 자체로 일종의 은유이다.

은유는 두 장소 간의 이동을 가능케 하는 연결 고리, 혹은 유사성의 원리를 전제로 한다는 점에서 우의*allegory*와 유사하다. 에드먼드 스펜서Edmund Spenser가 주장하듯이 우의란 일종의 확장된 은유이다. 그 어원이 시사하듯 한 가지 사실을 다르게 말하는 양식인 우의는 은유를 지속적으로 확대한 표현 양식이다. 문학 텍스트를 정치적 혹은 역사적 문맥에서, 반대로 비문학적인 텍스트를 문학적인 문맥에서 해석하는 신역사주의 비평 태도는 의미의 차원을 넘나드는 확장된 은유라는 의미에서 한결같이 우의적 해석에 머문다. 따라서 앞서 제기한 구세계와 신세계 담론의 경계 짓기는 처음부터 불가능할 뿐만 아니라, 의미의 확장과 개념의 발전이라는 은유의 작용 방식 측면에서 보면 의미 없는 일이기도 하다. 구세계 담론 역시 이방의 언어를 친숙한 의미의 영역으로 끌어들이는 과정을 통해 그 영역을 넓혀 왔기 때문이다. 이러한 전후 혹은 인과 관계의 규명보다는 이동과 자리바꿈을 통한 상호적인 변형의 가능성, 의식의 변증법을 고찰하는 것이 더욱 의미 있는 작업이 될 것이다. 매개 작용은 주체와 객체 가운데 어느 한쪽으로만 작용하는 것이 아니라 상호적인 작용을 통해 모두의 변화를 초래한다. 다시 말해 프러스퍼로와 캘리번이 상호 의존적이라는 사실은 모두에게 변화의 가능성을 열어 놓는다.

차이를 생산하며 동시에 이 구분을 무너뜨리는 은유의 자체 모순적인 이중 기능을 「폭풍우」에서 체현하는 인물이 바로 캘리번이다. 유사성을 전제로 한 차이에 의해 은유가 작용한다면, 프러스퍼로가 캘리번을 지배하는 힘은 자신과 캘리번에 차이를 부여함으로써 가능하다. 따라서 이 차이가 무너지면 프러스퍼로는 지배력을 행사할 수 없다. 프러스퍼로는 지속적으로 차이에 근거하여 캘리번을 노예로 지배하려 하지만, 그의 문제는 자신의 의도와는 달리 캘리번이 그러한 차이에 고정되기를 거부하고 의미의 차원에서 계속 이동하고 있다는 점이다. 캘리번이라는 이름 자체가 이미 일종의 은유이다. 캘리번이라는 이름은 식인종을 의미하는 단어 〈cannibal〉의 철자들을 뒤섞어 만든 것이며, 〈식인종〉이라는 단어 자체 역시 서인도 제도의 부족인 카립Carib 혹은 카리베스Caribes, 혹은 중국 황제Kahn의 사람들이라는 이름에서 유래한다. 콜럼버스의 『항해록』가운데 1492년 11월 26일(월요일)자 일지가 바로 그 전거이다.

제독은, 이날 캄파나곶의 남동부에서 본 육지는 인디오들이 보이오Bohio라고 부르는 섬일 것이라고 판단했다. 앞에서 언급한 곳이 이 육지와 분리되어 있었기 때문이다. 지금까지 만나 본 사람들은 하나같이 카니바 혹은 카니마 사람들을 극도로 두려워했다고, 제독은 말하고 있다. 인디오들의 말에 따르면 그들은 이 보이오 섬에 살고 있다고 하는데, 이 섬은 틀림없이 상당히 큰 섬일 것 같았다. 또 이 섬의 주민들이 인디오들의 땅과 집을 습격해 그들을 붙잡아 간다고 하는데, 이것은 인디오들이 무척 겁이 많은 데다가 무기도 없기 때문이 아닐까 생각되었다. 그리고 제독이 생각할 때, 데려온 인디오들이 일반적으로 해안 근처에 살지 않는 것은 이 섬이 근처에 있기 때문인 것 같았다. 제독은, 그들이 배가 이 땅으로 가고 있는 것을 보고는 잡아먹힐까 봐 두려워서 말도 하지 못했는데, 도저히 그들의 공포를 가라앉힐 수 없었다고 말한다. 그들은 또 이 섬의 주민들은 눈이 하나밖에 없고 얼굴도 개처럼 생겼다고 말했지만, 제독은 그들이 거짓말을 하고 있다고 보고, 그들을 잡아간 것은 틀림없이 그란 칸el Gran Can의 지배를 받는 사람들이었을 것이라고 생각했다.

인디오 원주민들의 말을 알아듣지 못했던 콜럼버스가 〈식인종들의 얼굴이 개처럼 생겼다〉고 한 원주민의 말을 전했다는 것은 개연성이 적으며, 오히려 〈카리베스〉라는 단어의 발음에서 〈개〉를 뜻하는 라틴어 〈canis〉를 연상하여 그 의미를 덮어씌웠을 가능성이 훨씬 크다. 이러한 가능성은 「폭풍우」에서 프러스퍼로를 살해할 음모를 꾀한 캘리번 일파가 사냥개로 변한 에어리얼 일파에 의해 쫓기는 장면을 통해서 충분히 제기된다. 대서양의 새로운 세계와 지중해의 구세계의 조우는 이처럼 기존 의미를 확장하고 이동시키는 은유적 작용에 의해서만 가능하며, 캘리번은 이러한 은유의 산물이다. 캘리번은 유사성의 원리 안에서 작용하는 차이이기 때문에, 이 차이를 지속적으로 유지하고 만들어 내는 것이 지배자의 입장에서는 필요하다. 캘리번이라는 인물의 이름이 식인종이라는 단어의 철자들을 조합하여 만들어진 것이라면,

나폴리의 앨론조 왕이 튀니스의 왕과 결혼시킨 딸 클래리벌Claribel 역시 식인종이라는 단어와 유사한 글자 조합에서 유래한 이름을 갖고 있다. 이렇게 결혼을 통해 〈문명〉 사회의 서구인이 〈야만인〉이 될 수 있다면, 〈괴물〉, 〈마녀〉와 마찬가지로 〈야만〉은 내재적인 속성이라기보다는 문명 사회에 의해 변경으로 내몰린 것들에 부여된 모든 부정적인 것들의 특성에 가깝다.

차이와 같음의 중간에 위치한, 즉 사람이면서 동시에 물고기이고, 괴물이면서 인간인 캘리번(2막 2장)을 프러스퍼로가 지속적으로 지배하는 것은 그의 책과 언어의 힘을 통해서이다. 그는 이것들을 통해 자신과 캘리번의 차이를 계속 강조하고, 자신의 단일한 목소리에 그를 절대 복종시키려 한다. 프러스퍼로는 자신의 책에 의존하여 절대 권력을 행사하고, 비록 그가 그 책들의 저자는 아니지만 적어도 이 섬에서는 저자처럼 행세하며, 그 저작권에 의거해 권위를 유지한다. 저자라는 단어의 어원이 되는 라틴어 〈augere〉가 〈증식시키다, 늘리다〉라는 뜻을 갖고 있는 데서 알 수 있듯이, 프러스퍼로는 스스로 자임한 저자의 권리에 의존하여 자신의 권력을 확장하고 유지한다. 해럴드 블룸Harold Bloom은 프러스퍼로의 책들이 정령들을 부리기 위해서 다년간 마법서들을 공부하고 실행한 끝에 결정판으로 그가 직접 저술한 것이라고 주장하지만, 그가 밀라노에서 추방당했을 때 앨론조 왕의 충신인 곤절로가 약간의 양식과 함께 건네준 이 마법의 책들을 프러스퍼로가 직접 저술했다는 증거는 작품 어디에

도 없다. 이 마법에 근거한 그의 기술이 구세계인 밀라노에
서는 통용되지 않았으며, 단지 이 섬에서만 효력을 발휘하고
있다는 더욱 흥미로운 사실에 비추어 블룸의 주장은 설득력
이 없다. 프러스퍼로가 추방 후 12년이 지나 다시 밀라노의
공작으로 되돌아갈 때 마법 지팡이를 꺾어 버리고 책들을 바
다 깊숙이 던졌다는 사실은 이것들이 구세계에서는 더 이상
효력을 발휘할 수 없음을 스스로 인식한 결과이다.

　프러스퍼로의 마법이 구세계에서는 통하지 않고 튀니스
와 밀라노 사이에 있는 지중해상 혹은 카리브해상 어느 곳의
이 섬에서만 작용한다는 사실은, 피터 홈이 지적하듯이 유럽
의 선진 기술이 기술적으로 뒤떨어진 새로운 사회에 도입되
었을 때 일종의 마법처럼 받아들여졌음을 보여 준다. 캘리번
이 〈그가 마법으로 이 섬을 차지했다〉(3막 2장)라고 스테퍼
노에게 말하듯이, 프러스퍼로의 마법이란 소총이나 화약과
같은 당대의 선진 기술이며, 오늘날로 바꿔 말한다면 원자
무기나 전 세계적인 컴퓨터 통신망 정도에 해당한다고 볼 수
있다. 캘리번이 다시 강조하듯이 이 마법의 책과 기술이 없
다면 프러스퍼로는 자신과 마찬가지로 어리석은 얼간이에
불과하며, 정령 하나도 부릴 수 없는 무능한 존재일 뿐이다
(3막 2장). 더욱이 프러스퍼로의 기술이 아무리 발달되었다
하더라도, 그 기술은 생존을 위해 필요한 기본적인 필수품들
을 보장해 주지는 않는다. 이런 점에서 육체노동을 담당하는
캘리번의 존재는 그에게 필수불가결하다.

그러나 사실은

　　우린 그 없이는 살 수 없단다. 그가 우리에게 불을 지펴주고

　　장작을 가져오고, 우리에게 유익한 일들을 해주지. (1막 2장)

　　선진 기술로 원주민들을 장악하지만 여전히 그들의 노동에 생필품을 의존해야 하는 초기 식민지 이주자들의 경험을 프러스퍼로와 캘리번의 관계는 보여 준다. 캘리번이 조금이라도 자신에게 항의하거나 게으름을 피우면 프러스퍼로는 가차 없이 그에게 고문을 가하고 굶겨 버린다. 자신이 생산한 먹을 것을 이제는 주인인 프러스퍼로의 호의에 의존해 얻어야 하는 뒤바뀐 상황을 캘리번은 감수해야 한다. 프러스퍼로의 기술은 자신의 어머니가 섬겼던 세테보스 신마저 복종시켜 신하로 만들어 버릴 정도로 막강한 것이기 때문이다 (1막 2장). 이 점은 에어리얼도 예외가 아니다. 캘리번이 육체노동을 담당하는 프러스퍼로의 노예라면, 에어리얼은 정신노동을 담당하고 있는 노예이며, 프러스퍼로의 시선이 미치지 못하는 곳을 감시하는 문자 그대로의 스파이이다. 12년 전 프러스퍼로가 이 섬에 왔을 때 에어리얼은 캘리번의 어머니인 마법사 시코락스의 명령에 불복종한 죄로 소나무 등걸 사이에 끼여 12년간의 형벌을 받고 있었다. 프러스퍼로는 자신에게 불만을 품거나 주어진 임무를 게을리하면 다시 이 소나무 형틀에 끼워 놓겠다고 위협하여 에어리얼을

복종시킨다. 프러스퍼로는 자신의 기술을 통해 밀라노에서는 이룩하지 못한 절대 권력을 이 이름 없는 섬에서 실현시키려 한다.

절대 권력의 추구와 실현이라는 꿈이 이루어진다는 점에서 이 섬은 상대적으로 현실의 제약으로부터 벗어나 욕구를 충족할 수 있는 일종의 이상향이며, 그런 의미에서 이 작품은 소위 말하는 셰익스피어의 로맨스극에 속한다고 할 수 있다. 이곳에 이상 국가를 건설하고 싶어 하는 곤절로의 대사를 통해 이를 확인할 수 있다.

> 새 공국에서 저는 만사를 관습과는 반대로
> 처리할 것입니다. 어떤 교역도 허용하지
> 않을 것이며, 판관의 이름도 학문도
> 필요 없을 것이며, 부와 빈곤, 하인이 필요한 일도
> 없을 것입니다. 계약, 재산 상속,
> 땅의 경계, 경작지, 포도밭도 없고요.
> 금속, 옥수수, 술, 식용유도 소용없을 것이며,
> 직업도 없어져서 모든 남자들은 다들 빈둥거리고,
> 여자들 역시 마찬가지이지만 순결하고 깨끗할 것입니다.
> 군주도 없을 것이며 ─
> 자연은 땀 흘리거나 수고하지 않고
> 모든 공유재를 생산할 것입니다. 반역, 대역죄,
> 대검, 창, 칼, 총 혹은 다른 어떤 무기도
> 저는 허용치 않을 것이고요. 자연이

제 순진한 백성을 먹여 살릴 것들을
차고 넘치게 갖다 줄 것입니다.
황금시대를 능가하여 완벽하게
통치할 생각입니다. (2막 1장)

몽테뉴가 소위 말하는 〈야만인〉들이 유럽의 악폐와 구습
에 젖은 〈문명인〉들보다 순진하고 착하다고 역설한 「식인종
들에 관해서」라는 에세이에 힘입고 있다고 여겨지는 위 대
사에서, 곤절로는 〈황금시대〉를 능가할 것이라고 다짐함으
로써 자신의 시대가 그만큼 타락했음을 자인하는 셈이다. 그
러나 자신이 꿈꾸는 전략 이전의 초보적인 원시 공산 사회에
다시금 스스로를 군주로 끌어들이는 모순을 보임으로써 그
는 앤토니오와 서배스천에게 조롱거리가 된다. 곤절로의 대
사는 로맨스의 세계에도 자유와 억압, 지배와 피지배 같은
정치 권력의 문제가 은폐되어 있음을 보여 주는 사례이다.
또한 이곳의 모순에 찬 대사를 통하여 셰익스피어는 몽테뉴
가 스스로 비난하는 유럽인들의 〈야만인〉에 대한 검은 환상
과 마찬가지로 〈고상한 야만인〉들에 대한 〈하얀〉 환상에 빠
져 있음을 은연중에 비꼬고 있다.

지배와 피지배 같은 권력과 권위의 문제가 이 작품의 중
심 문제임을 셰익스피어는 작품의 시작부터 보여 준다. 프러
스퍼로가 일으킨 폭풍우로 딸의 결혼식에서 돌아오던 앨론
조 왕 일행이 난파당하는 장면으로 시작되는 이 작품에서,
난파의 위기에 처해 출렁거리는 배의 갑판 위로 올라온 귀족

들은 위급한 순간에 필요한 육체노동에는 전혀 무용지물이며 오히려 방해꾼일 뿐이다. 갑판장의 말처럼 귀족들은 수부들의 일을 망치며, 도리어 폭풍을 도와줄 뿐이다(1막 1장). 프러스퍼로가 자신의 기술에도 불구하고 여전히 캘리번의 육체노동에 의존해야 하는 것과 같은 상황이 여기서도 반복된다. 비명을 질러 대는 귀족들에게 갑판장은 욕을 해대며 선실로 들어가라고 명령한다. 갑판장에게 곤절로는 누구 앞에서 명령조냐고 나무라지만, 당신의 권위의 힘으로 폭풍을 잠재울 수 있거든 잠재워 보라며 오히려 놀림만 당한다. 계급 질서와 권위에 도전하는 갑판장에게 서배스천은 이는 곧 신성 모독이며, 〈인정머리 없는 개 같은 놈〉(1막 1장)이라며 화를 낸다. 귀족들에게는 계급 질서와 권위의 힘이 〈신성한〉 것일지 모르나, 이름도 없는 갑판장에게, 죽음의 위험에 직면한 순간 그에게 〈나보다 소중한 사람은 없〉다(1막 1장). 갑판장이 귀족들의 권위와 힘에 도전하는 순간 곧바로 그는 귀족들과 마찬가지로 문명 세계의 인물이지만 인간 이하의 개로 전락하고 만다. 캘리번이 프러스퍼로의 명령에 도전하는 순간 바로 〈금수〉(4막 1장)라 불리는 것과 같은 맥락이다. 계급 질서와 권위에 근거한 인간과 야만의 구분은 다만 이들 하층민들에게만 국한된 것은 아니다. 서배스천이 앤토니오와 공모하여 자신의 형인 앨론조 왕을 죽이고 나폴리의 왕권을 차지하려는 순간 그와 앤토니오 역시 〈악마보다 못한 자들〉(3막 3장)이라고 불린다. 이처럼 이 작품에서 〈자연〉과 〈기술〉, 〈문명〉과 〈야만〉, 〈인간〉과 〈동물〉의 구분은 계급 질서와 권위에 근거한 힘의 행사에 필요한 인위적 차이임을 알수 있다.

권위에 근거한 힘의 위기를 전경화하고 있는 폭풍우 장면은, 크게 보면 프러스퍼로의 계획의 일부라는 점에서 오히려 권력의 절대성을 강화한다. 자신들의 권위를 무시하는 갑판장을 저주하여 곤절로는 〈운명의 여신〉(1막 1장)이 그가 교수대에서 죽을 때까지 굳건하게 지켜 줄 것이라고 말하는데, 지금 그들이 처한 운명의 주재자는 바로 프러스퍼로이다. 그들이 생각하는 자연 현상은 곧 프러스퍼로의 기술에 불과한 것이다. 이곳에서 곤절로가 말하는 운명은, 앨론조와 서배스천이 자신들의 음모가 탄로 나서 질책을 받자 칼을 빼 들고 공기 중의 에어리얼과 그의 정령들을 공격하려 할 때, 에어리얼이 자신들은 〈운명의 하인들〉(3막 3장)이기 때문에 부질없는 짓을 하고 있다고 말할 때의 바로 그 운명, 즉 프러스퍼로가 조종하는 운명이다. 〈나의 모든 원수들이 (……) 내 수중에 있다〉(3막 3장)라거나, 〈지금 이 시간 내 모든 적들이 내 처분에 달렸구나〉(4막 1장)라는 표현에서 드러나듯이 프러스퍼로의 계획은 모든 사람들에게 절대권을 행사한다. 그 점에서는 그의 딸인 미랜다 역시 예외가 아니다. 만 세 살이 못 되었을 때 아버지와 함께 밀라노에서 추방당한 미랜다가 지닌 밀라노에 대한 기억은 철저하게 아버지의 이야기에 의해 채워진 것이다. 그녀에게는 어머니에 대한 기억이 전혀 없으며, 여성에 대한 유일한 기억은 자신을 돌보아 주던 보모 네댓뿐이다. 프러스퍼로가 미랜다가 자신의 딸이라고 확

신하는 것도 〈네 어머니는 (……) 네가 내 딸이라고 하더구나〉(1막 2장)라는 전언에 의할 뿐이다. 이처럼 그는 딸에게 어머니의 존재를 최소화하고 그 자리에 자신을 채워 넣는다. 추방된 바다에서의 유랑 과정을 프러스퍼로는 자신이 미랜다를 출산하는 과정으로 묘사한다.

> 내가 비탄에 잠겨 신음하며
> 짠 눈물로 바다를 장식하고 있을 때
> 하늘이 보내 준 강인함이 깃든 미소를
> 너는 보여 주었지. 그 미소가 내 태반 아래 웅크리고 누워
> 뒤따를 역경을 견뎌 낼 수 있는
> 인내심을 내게 불러일으켰단다. (1막 2장)

이 부분을 심리적으로 해석하는 스티븐 오글Stephen Orgel은 어린아이는 어머니라는 집안의 왕국을 찬탈하는 찬탈자로 보고, 캘리번의 섬에서 새로운 삶을 시작하는 프러스퍼로는 자신만이 홀로 지배하는 왕국과 가족을 재창조함으로써 찬탈 과정을 역으로 무화시킨다고 주장한다. 가족 로맨스 내에서의 힘의 갈등을 오글은 왕국이라는 정치적 무대로 옮겨 놓음으로써, 섬에서 프러스퍼로의 계획이 절대권의 행사에 있음을 다시 한번 강조하는 셈이다.

서사의 힘을 통해 미랜다의 기억을 장악하고 그녀를 철저하게 자신의 일부로 만드는 프러스퍼로는, 그녀가 자신의 이야기를 완전한 사실로 받아들이도록 만들기 위해 정교한 서

사 전략을 구사한다. 그는 종종 미랜다가 누구인지를 말해 주기 시작하다가 중간에 멈춰 버림으로써 그녀의 호기심을 더욱 자극하고, 자신의 이야기의 진실성과 중요성을 증진시킨다. 또한 이야기 중간에 〈주의 깊게 들어라〉, 〈듣고 있느냐?〉(1막 2장) 같은 표현을 빈번하게 사용하여 자신의 이야기의 중요성을 강조한다. 프러스퍼로가 절대 권력을 장악하려는 계획은 결국은 말의 힘을 장악하려는 시도로 드러남을 알 수 있다. 그의 힘의 원천인 책과 마법 역시 말에 불과한 것이다. 그리고 그가 추구하는 권력은 자신만의 단일한 목소리 안으로 다른 모든 이질적인 목소리들을 용해해 버리는 것이다. 캘리번이 검은 까마귀, 그것도 유럽 세계에서 보면 문명과 야만의 경계선에 위치한 변경 지역인 스키타이 지방의 까마귀를 의미하는 시코락스와 그녀가 섬기는 악마 세테보스 사이에서 태어났으며, 검은 마법을 일삼던 시코락스가 알제리에서 화형을 면하고 이 섬으로 쫓겨 온 것은 단지 그녀가 캘리번을 잉태하고 있었기 때문이라는 사실 역시, 캘리번의 과거와 기억을 장악하는 프러스퍼로의 서사의 힘에서 나온 것이다. 그가 이 사실을 들었다면 에어리얼을 통해서일 것이다. 에어리얼의 망각을 강조하며 그의 과거를 한 달에 한 번씩 되풀이해서 말해 주어야겠다고 다짐할 때나, 혹은 시코락스가 어디에서 태어났느냐고 에어리얼에게 물을 때, 우리는 자신이 주입시킨 기억에서 빗나갈까 우려하는 프러스퍼로의 불안감을 읽을 수 있다(1막 2장 참조). 에어리얼이 시코락스의 과거를 그처럼 자세하게 알 수는 없는 점에 비추어 볼 때, 프러스퍼로가 추구하는 마법이란 언어를 통해 개인의 내면 의식까지 장악하려는 기도임을 알 수 있다. 흄의 지적처럼 〈프러스퍼로와 캘리번의 관계는 식민주의자와 식민지인의 관계일 뿐만 아니라, 프러스퍼로는 식민주의 역사가이기도 하다. 그것도 너무나 그럴듯하고 풍부한 역사가여서 다른 역사들이 그의 공식적인 기념물의 틈새로 파고들어가기 위해서는 부단히 투쟁해야 한다〉. 따라서 그가 캘리번에게 언어를 가르치는 일은 그를 자신과 같은 문명인으로 만들기 위함이라기보다는, 의사소통하여 자신의 편익을 더욱 손쉽게 도모하기 위해서다. 언어는 단지 표현 수단에 그치지 않고 사유 방식이자 세상과 자아의 연결점이기 때문에 주인의 언어를 배워야 하는 캘리번은 그의 사고 틀 역시 수용해야 한다.

프러스퍼로와 미랜다가 처음 섬에 도착했을 때의 캘리번은 뜻도 모르면서 동물 같은 괴성만을 질러 대는 야만인으로 그려진다. 스티븐 그린블랫Stephen Greenblatt이 주장하듯 셰익스피어는 유럽 문명권 밖의 야만인에 대한 서구인들의 부정적인 환상을 부정하는 쪽이 아니라, 오히려 그러한 검은 환상을 과장하고 있는 편이다. 캘리번의 부정적 측면이 강조될수록 그를 교화하는 작업의 의미는 커진다. 자신의 뜻을 쉽게 전달할 수 있는 언어를 배움으로써 캘리번은 새로운 주인에게 섬의 온갖 속성들을 속속들이 알려 준다. 그로 인해 이제 섬을 모두 빼앗기고 바위 동굴에 갇혀 지내는 신세다. 그러나 프러스퍼로와 미랜다가 캘리번에게 가르친 지배와 복종의 언어는 그들의 의도와는 전혀 다르게 그에게 노예로서의 자의식을 동시에 불러일으킨다. 캘리번은 〈처음에는 스스로 나의 왕이었던 내가 당신의 유일한 백성〉(1막 2장)이라는 사실과 더불어, 〈이 섬은 어머니 시코락스가 나에게 준 내 것인데 당신이 빼앗아 갔〉다(1막 2장)는 점을 충분히 자각하고, 이 자의식에 근거한 자신만의 언어로 주인에게서 배운 언어를 사용할 수 있는 봉기적이고 잠재적이며 현실적인 능력을 갖게 되었다. 그는 프러스퍼로라는 언어의 감옥을 부수고 두 개의 언어를 구사하는 인물이 된다. 이러한 능력은 지배자의 언어를 통해 자신의 지배자들에게 그가 욕설과 저주를 퍼부을 수 있다는 사실에서 드러난다.

당신들이 나에게 언어를 가르쳐 준 이점은
내가 저주하는 방법을 안다는 것이지. 나에게 당신들 언어를
가르쳐 준 대가로 염병이나 걸려 뒈져 버려라! (1막 2장)

에메 세제르Aime Cesaire가 번안한 「폭풍우」에서는 캘리번의 이러한 자의식이 더욱 발달하여 아직 독립된 정체성을 갖지 못한 자신의 이름을 그냥 〈X〉라고 불러 달라 요구하며, 주인의 언어가 아닌 스와힐리어로 〈독립〉을 의미하는 〈Uhuru〉라는 단어를 줄곧 외치면서 구체적으로 저항한다. 자신이 가르친 언어로 자신에게 저항하며 저주를 퍼붓는 캘리번을 두고 프러스퍼로는 〈교육도 소용 없는 천성을 지닌

악마, 타고난 악마〉(4막 1장)라고 비난하며 자신의 가혹한 대우와 지배를 정당화한다. 미랜다 역시 캘리번이 배우기는 했지만 선한 천성과 함께할 수 없는 사악한 기질을 가지고 있다고 비난하며(1막 2장) 그와 자신들의 차이를 강조한다. 이 차이에 대한 강조가 바로 지배를 정당화하는 것으로 이어진다.

캘리번의 타락한 천성을 강조하는 사건 가운데 하나는 그가 미랜다를 강간하려 했다는 점이다. 구체적인 증거는 제기되고 있지 않지만, 프러스퍼로의 이 비난을 캘리번은 부정하지 않는다. 그러나 과연 캘리번의 호색을 야만인의 속성이라고 부를 수 있는지는 퍼디낸드와의 비교를 통해서 살펴보아야만 한다. 프러스퍼로의 계획은 자칫 캘리번과 결혼하게 될지도 모를 딸을 나폴리 앨론조 왕의 아들인 퍼디낸드와 결혼시킴으로써 밀라노와 나폴리를 통일시킬 왕국을 건설하는 것이다. 그런데 이 과정에서 프러스퍼로가 퍼디낸드에게 지나칠 정도로 강조하는 것이 성욕의 절제이다. 결혼의 여신 하이멘의 촛불이 타오르기 전에는 절대로 순결을 지켜야 한다고 프러스퍼로는 강조한다. 그의 관점에서 보자면 몸소 산고를 겪어 가며 낳은 자신의 일부인 딸을 다른 남자와 결혼시킨다는 것은 섬에서 이룩한 가족이라는 절대 왕국이 무너지는 것을 허용하는 일이다. 따라서 자신의 절대 권력의 와해를 두려워하게 만든다는 점에서 봉기적인 캘리번이나 퍼디낸드는 프러스퍼로의 눈에는 동일한 인물들이다. 캘리번이 하던 장작 나르는 육체노동을 퍼디낸드가 하는 데서도 엿

볼 수 있듯이 그는 캘리번을 대체하는 인물이다. 결혼을 축하하기 위한 가면극에 사랑의 여신인 비너스가 참여하지 않는다는 사실에서 드러나듯이, 프러스퍼로는 퍼디낸드를 노동을 통해 자신의 지배에 철저하게 복종시킴으로써 일종의 거세를 강요한다. 그러나 가면극의 절정과 캘리번 일행의 음모를 중첩시킴으로써 셰익스피어는 프러스퍼로의 절대 권력과 단일한 목소리를 통한 지배가 한계를 지니고 있음을 드러낸다. 마치 크리스토퍼 말로Christopher Marlowe의 『포스터스 박사의 비극』에서 포스터스가 반홀트 공작의 궁정에서 알렉산더 대왕과 그의 왕비의 혼령을 불러내면서 구경꾼들에게 철저하게 침묵을 강요하듯이, 프러스퍼로는 자신이 연출하는 가면극을 눈으로 보기만 하고 절대로 말을 해서는 안 된다고 거듭 강조함으로써(4막 1장) 자신의 목소리에 어떠한 이질적인 목소리도 끼어드는 것을 허용하지 않는다. 〈조용히 하고 입 다물게. 그렇지 않으면 우리의 주문이 망가질 거야〉(4막 1장)라고 말하며 프러스퍼로는 자신의 언어를 통해 절대의 힘을 행사하는데, 여기에 다른 목소리가 들어와 그 언어의 힘이 손상되는 것을 허용하지 않는다. 르네상스 영국 제임스 왕의 궁정에서 유행하던 가면극 자체가 무질서와 갈등에서 질서와 화합으로 나아가는 과정을 그림으로써 왕권의 절대성을 상징하는 예술 행위였다.

가면극에서 요정들의 무도가 절정에 이르려는 순간, 프러스퍼로는 캘리번 일행의 음모를 기억하고 갑자기 가면극을 중단시킨다. 미랜다와 퍼디낸드가 몹시 의아스럽게 생각할 정도로 분노하며, 스스로도 마음을 진정시키기 위해 산보를 해야 할 정도로 격노한 상태에서 주노와 풍요의 여신 시어리스가 주도한 가면극을 중단시키는 행위 자체를 그레이엄 홀더니스Graham Holderness는 절대 군주의 절대 권력의 상징으로 간주한다. 궁정 가면극의 절대 군주는 마법을 깨뜨리고, 악마의 힘을 물리치며, 마법을 건 마술사와 마녀들을 퇴치함으로써 그 마술이 가져온 변신에 옭매인 사람들을 해방시키는 인물로 묘사된다. 이들 가면극은 단순한 볼거리를 제공하는 데 그치는 것이 아니라 절대 군주를 일종의 신기(神技)를 행사하는 인물로 그림으로써 실질적으로 왕권 신수설을 강조하는 17세기 절대 군주상(像)에 기여한다는 것이다. 그러나 이것은 가면극이 중단되는 이유와 바로 뒤를 잇는 프러스퍼로의 대사를 고려하지 않은 해석이다. 캘리번 일파의 음모는 그 자체로 프러스퍼로의 계획과는 반대로 이루어지는 일종의 원심력 운동이며, 그가 추구하는 단일한 목소리, 혹은 침묵 속으로 이질적인 목소리를 잠재우려는 그의 계획에 균열이 가고 있음을 의미한다. 영문을 몰라 어리둥절해하는 퍼디낸드에게 프러스퍼로는 〈걱정 말고 힘내게나〉(4막 1장)라고 말한 다음 이 모든 것이 꿈과 같은 것이었다는 그의 유명한 대사(4막 1장)를 이어 간다. 이 대사의 어조는 에릭 체이피츠Eric Cheyfitz가 지적하듯 쾌활한 어조와는 거리가 멀고 오히려 그의 절망감을 드러낸다. 프러스퍼로의 큰 계획이 사람들의 마음을 개심시키고 삶을 변형해 자신의 복권을 추구하는 것이라면, 캘리번의 존재, 나아가 개심을 거부하는 자신의 동생 앤토니오 및 형을 죽이고 왕권을 탈취하려 한 서배스천은 그 계획의 한계를 의미한다. 동시에 그 계획이 그의 마법의 기술에 의존한 것이므로 개심을 거부하는 이들의 존재는 그 기술, 혹은 예술의 한계를 의미한다. 프러스퍼로의 한계를 통하여 셰익스피어는 공감적 상상력을 가지고 응답하지 않는 관객들의 마음과 영혼에 예술가는 어떠한 힘도 미칠 수 없다는 사실을 통렬하게 인식한다. 프러스퍼로가 가면극의 무너져 내린 성탑과 화려한 궁전, 사원을 바라보며 삶 자체를 일종의 꿈으로 치환하는 것은 자신의 현실 장악의 실패를 은폐하는 수사적 장치이다. 이것은 마치 오셀로가 알레포 전투에서 할례한 터키인을 칼로 찔러 죽였던 과거에 대한 기억 속에서 자신을 그 개 같은 터키인과 동일시하며 죽어 가는 대목에서(『오셀로』 5막 2장) 웅변의 힘으로 자신의 절망과 무력감을 최후로 덧칠하는 것과 같은 의미를 갖는다.

종속된 존재는 역사가 없기 때문에 말을 할 수 없다는 가야트리 스피박Gayatri Spivak의 주장과 달리, 캘리번은 프러스퍼로와 미랜다에게서 배운 언어를 통해 단지 그들을 저주하며 욕을 퍼붓는 정도에 그치고 않고 독자적인 현실상을 구축한다. 에어리얼의 북소리에 놀란 트린큘로와 스테퍼노를 진정시키며 이 섬에는 기쁨을 가져다줄 뿐 해치지 않는 여러 가지 소리가 가득하다고 한 캘리번의 대사(3막 2장)는 그가 이미 상당한 정도의 언어적 독립을 이룩했음을 증명한다. 조너선 베이트Jonathan Bate가 주장하듯 섬의 음악 소리를 캘리번은 듣는 데 반해 프러스퍼로는 듣지 못한다는 사실은 이 작품을 프러스퍼로의 단성적인 관점에서 해석하려는 시도를 무효화한다. 물론 캘리번이 술주정꾼인 스테퍼노를 새로운 주인으로 모시겠다고 약속하며, 그가 프러스퍼로에게 과거에 했던 것과 마찬가지로 섬의 곳곳을 알려 주며 섬의 특산물들을 가져다주겠다고 되풀이하는 대사(2막 2장)는 그린블랫이 주장하듯 그의 의식의 불투명성을 여전히 드러내지만, 그럼에도 불구하고 우리는 그의 목소리를 이제는 침묵시킬 수가 없다. 어떤 면에서는 캘리번이 문명 세계에서 온 트린큘로와 스테퍼노보다 선진적인 현실 인식을 보이기도 한다. 프러스퍼로를 죽이고 섬의 왕이 되기로 음모를 꾸민 이들은 에어리얼의 음악에 이끌려 시궁창으로 나아가다, 이들의 관심을 흩트리기 위해 에어리얼이 빨랫줄에 널어 놓은 번쩍이는 중고 옷가지들을 마주한다. 이 옷가지들을 집어 모으느라 혈안이 되어 시간을 지체하는 트린큘로나 스테퍼노와는 달리 캘리번은 이것들이 허접쓰레기라며 거들떠보지도 않는다. 캘리번은 프러스퍼로와 에어리얼의 계획에 완전히 말려들지 않는 것이다. 마술이 빚어낸 환영의 세계에 완전히 빠져들기를 거부하는 캘리번은 환상을 창조하는 예술의 세계에 완전히 몰입되기를 거부하는 관객과 같은 존재다. 캘리번의 봉기적인 목소리는 프러스퍼로의 〈거친 마법〉(5막 1장)을 그에게 인식시키며, 이로 인해 그는 자신의 마법을 폐기한다.

프러스퍼로가 마법을 풀어 주며 캘리번을 두고 〈이 어둠의 자식을 나는 내 것이라고 인정〉한다(5막 1장)고 말할 때, 그는 자신이 추구한 절대 권력이 피지배자의 매개 없이는 한낮 꿈에 불과함을 깨닫는다. 자신과 피를 나눈 찬탈자인 동생 앤토니오가 비록 천성 혹은 천륜을 저버린 사람이지만 용서하듯이, 프러스퍼로는 캘리번에게 투영했던 타자성을 자신의 일부로 인정한다. 이제 밀라노의 공작으로 되돌아온 그가 마지막에 관객들의 열렬한 박수갈채 없이는 자신의 공국으로 돌아갈 수 없다고 호소하는 장면에서 우리는 다시 그 한계를 본다. 그리고 그가 밀라노에 돌아가 늘 죽음을 생각할 것이라고 말할 때 역시 우리는 절대 권력의 한계를 경험한 절대 군주의 실망감을 읽을 수 있다. 이 절대 권력이 균열하는 틈새에 캘리번의 봉기적인 목소리가 작용한다. 캘리번이 교육과 같은 양육의 능력이 전혀 작용하지 못하는 〈자연〉이라면, 기술 혹은 예술은 이 자연을 매개로 해서만 성립될 수 있다. 백성이 없는 왕은 꿈속의 왕일 따름이기 때문이다. 에어리얼마저 자연으로 돌아간 마당에 섬에 홀로 남게 된 캘리번은, 쿠바의 시인 로베르토 레타마르Roberto Retamar에게는 카리브 해역 식민지 국가들의 현실이자 문화적 은유다.

그렇다면 우리들의 상징은 로도Rodo가 생각한 바처럼 에어리얼이 아니라, 오히려 캘리번이다. 캘리번이 살았던 이들 군도의 메스티조 주민인 우리가 분명하게 경험하는 것은 이런 것이다. 즉, 프러스퍼로가 이들 군도를 침략해서 우리의 조상들을 죽이고, 캘리번을 노예로 삼아서 자신을 이해시키기 위해 자신의 언어를 캘리번에게 가르쳤다는 사실 말이다. 프러스퍼로에게 〈염병〉이나 걸려라 하고 저주하기 위해 캘리번이 그가 배운 언어 말고 어떤 다른 언어를 사용할 수 있단 말인가? 오늘날 그는 다른 언어를 가지고 있지 못하다. 우리의 현실과 우리의 문화적 상황을 이보다 잘 표현하는 다른 비유를 나는 알지 못한다.

우르과이의 철학자인 호세 엔리케 로도Jose Enrique Rodo는 1900년에 발표한 『에어리얼』이라는 책에서 에어리얼을 인간 정신의 고상한 측면의 상징으로 보고, 캘리번을 육욕의 상징이라 주장한다. 그에게 에어리얼은 인간 이성 및 완전을 향한 숭고한 본능이며, 삶에 있어서 이상주의 및 질서를 의미하기 때문에 인간 문명이 나아가야 할 최고의 지향점이다. 여기에 반대해 레타마르는 에어리얼은 프러스퍼로에게 협력하든지, 아니면 캘리번과 힘을 합쳐 독립을 쟁취하기 위해 투쟁해야 하는 〈전통적인〉 지식인의 모습이라고 주장한다. 이러한 논의는 근대 초기 유럽의 식민지 개척 상황을 형상화한 셰익스피어의 작품을 20세기 중후반의 탈식민지 상황에 무리하게 재배치하는 것이 아니냐는 우려를 자아내기도 하지만, 「폭풍우」라는 작품 자체가 갖는 잠재적 의미의 다양성과 풍부함을 반증하는 것이기도 하다.

「폭풍우」는 지배와 피지배의 관계를 중심으로 근대 초기 유럽의 식민지 체험을 극화한 작품이다. 프러스퍼로의 단성적인 목소리에 대항하는 캘리번의 욕설과 저주는 프러스퍼로의 절대 권력의 추구가 갖는 한계를 그에게 인식시킨다. 프러스퍼로가 지배적인 힘을 행사하는 것은 캘리번과 자신의 차이에 근거하는데, 종국에 이러한 차이가 정도의 차이에 불과함을 인정함으로써 프러스퍼로는 캘리번을 마법에서 풀어 준다. 작품 말미에 캘리번이 섬에 혼자 남게 될 것인지, 아니면 술주정꾼을 신적인 존재로 착각했던 자신의 어리석음을 깨닫고 옛 주인에게 더욱 충성을 바칠 것인지가 불분명하게 처리되는데, 이러한 열린 상황은 20세기에도 여전히 그가 탈식민지 현실에 대한 일종의 은유로 작용한 주된 이유가 된다. 캘리번은 여전히 지배적인 목소리에 저항하는 문학의 언어이며, 이질적인 소수자의 목소리이다. 셰익스피어는 이 소수 국외자의 목소리를 통하여 지배자의 단성적이고 구심적인 언어, 즉 절대적인 정치권력을 행사하려는 전략이 내부적으로 균열하며 내는 파열음을 「폭풍우」에서 우리에게 들려준다. 이 작품은 근대 초기 유럽의 식민지 건설의 경험을 형상화하고 있음에도 불구하고, 후기에 본격적으로 전개될 식민주의 담론의 다양성을 선구적으로 보여 준다.

최인훈의 소설 『태풍』은 태평양 전쟁을 배경으로 일본 제국주의와 그들의 대동아 공영권이라는 식민지 제국 건설의 꿈을 다루고 있는데, 셰익스피어의 「폭풍우」에 대한 인유가 넘치는 작품이다. 식민 지배자와 식민지 인간의 갈등을 20세기에 옮겨 놓은 이 소설은 셰익스피어의 후기 극과의 상호 텍스트적인 관계에 놓인 작품이다. 셰익스피어 다시 쓰기, 혹은 셰익스피어에게 말 걸기의 훌륭한 사례를 우리는 최인

훈의 소설에서 발견한다.

번역의 대본으로는 프랭크 커모드Frank Kermode가 편집한 아든판 셰익스피어를 사용했다. 데이비드 린들리David Lindley가 편집한 신판 케임브리지 셰익스피어도 많이 참고했으며 기타 여러 판본들도 부분적으로 참고했다.

2020년 4월
박우수

윌리엄 셰익스피어 연보

1558년 엘리자베스 1세 등극.

1564년 출생 영국 스트랫퍼드어폰에이번에서 부유한 상인인 존 셰익스피어John Shakespeare와 메리 아든Mary Arden의 셋째 아이이자 장남으로 태어남. 4월 26일 세례를 받음. 동료 작가 크리스토퍼 말로도 이 해에 태어남.

1573년 9세 후에 사우샘프턴 백작Earl of Southampton이 되어 셰익스피어를 후원하는 헨리 리즐리Henry Wriothesley 태어남.

1576년 12세 영국 최초의 공공 극장인 〈시어터 극장The Theatre〉이 건립됨.

1582년 18세 여덟 살 연상인 앤 해서웨이Anne Hathaway와 결혼.

1583년 19세 장녀 수잔나Susanna 태어남. 5월 26일 세례를 받음.

1585년 21세 쌍둥이 아들 햄닛Hamnet과 딸 주디스Judith 태어남.

1587년 23세 영국으로 망명와 있던 스코틀랜드의 메리 여왕이 반란 혐의로 처형됨.

1588년 24세 프랜시스 드레이크 경Sir Francis Drake이 스페인의 무적함대인 아르마다를 무찌름.

1589년 ^{25세} 「헨리 6세Henry VI」 제1부 집필.

1590~1591년 ^{26~27세} 「헨리 6세」 제2부와 제3부 집필.

1592년 ^{28세} 극작가 로버트 그린Robert Greene이 〈많은 후회로 얻은 서푼짜리 기지A Groatsworth of Wit bought with a Million of Repentance〉라는 제목의 팸플릿에서 셰익스피어의 유명세를 비난함. 런던에 흑사병이 창궐하여 7월부터 1594년 6월까지 극장 폐쇄. 극단들은 지방 순회공연을 다님. 「리처드 3세Richard III」, 시집 『비너스와 아도니스Venus and Adonis』, 「실수 희극The Comedy of Errors」 집필.

1593년 ^{29세} 후원자인 사우샘프턴 백작에게 헌정한 『비너스와 아도니스』 출간. 「타이터스 앤드로니커스Titus Andronicus」, 「말괄량이 길들이기The Taming of the Shrew」 집필.

1594년 ^{30세} 시집 『루크리스의 겁탈The Rape of Lucrece』 출간, 역시 사우샘프턴 백작에게 헌정함. 「베로나의 두 신사Two Gentlemen of Verona」, 「사랑의 헛수고Lover's Labour's Lost」, 「존 왕King John」 집필. 여왕의 전의(典醫)인 로페즈Rodrigo López가 여왕 독살 혐의로 처형됨. 〈궁내 장관 극단The Chamberlain's Men〉이 창설됨.

1595년 ^{31세} 「리처드 2세Richard II」, 「로미오와 줄리엣Romeo and Juliet」, 「한여름 밤의 꿈A Midsummer Night's Dream」 집필.

1596년 ^{32세} 아버지 존 셰익스피어가 문장(紋章) 사용을 허가받아 〈신사〉로 서명할 수 있게 됨. 아들 햄닛 사망. 「베니스의 상인The Merchant of Venice」과 「헨리 4세Henry IV」 제1부 집필.

1597년 ^{33세} 스트랫퍼드의 대저택 뉴플레이스를 매입함. 「윈저의 즐거운 아낙네들Merry Wives of Windsor」 집필.

1598년 ^{34세} 「헨리 4세」 제2부, 「헛소동Much Ado About Nothing」 집필.

1599년 ^{35세} 「헨리 5세Henry V」, 「줄리어스 시저Julius Caesar」, 「좋

으실 대로As You Like It」집필. 에섹스 백작The Earl of Essex이 아일랜드 평정에 실패한 후 여왕의 명에 반하여 귀국했다가 연금됨. 풍자물 출판 금지령이 선포됨. 〈글로브 극장The Globe〉 설립.

1600년 36세 「햄릿Hamlet」 집필.

1601년 37세 1600년에 석방된 에섹스 백작이 쿠데타를 일으키기 전날 밤 「리처드 2세」의 공연을 요청함. 쿠데타 후 에섹스 백작은 반란죄로 처형되고, 셰익스피어의 후원자인 사우샘프턴 백작도 이 반란에 연루되어 수감됨. 「십이야Twelfth Night」, 「트로일로스와 크레시다Troilus and Cressida」 집필.

1602년 38세 「끝이 좋으면 다 좋아All's Well That Ends Well」 집필.

1603년 39세 엘리자베스 1세 사망. 스코틀랜드의 제임스 6세가 제임스 1세로 등극하여 스튜어트 왕조 시작. 〈궁내 장관 극단〉의 명칭이 〈왕의 극단King's Men〉으로 바뀜.

1604년 40세 「자에는 자로Measure for Measure」, 「오셀로Othello」 집필.

1605년 41세 「리어 왕King Lear」 집필. 11월 5일 제임스 1세의 가톨릭 박해 정책에 항거하여 영국에서 가톨릭교도들이 의사당 지하실에 화약을 묻어 놓고 제임스 1세의 가족과 대신, 의원들을 죽이려 한 이른바 〈화약 음모 사건Gunpowder Plot〉이 발생함.

1606년 42세 화약 음모 사건의 주동자인 포크스Guido Fawkes와 예수회 신부 가네트Henry Garnet가 처형됨. 「맥베스Macbeth」, 「안토니와 클레오파트라Antony and Cleopatra」 집필.

1607년 43세 「코리오레이너스Coriolanus」, 「아테네의 타이먼Timon of Athens」, 「페리클레스Pericles」 집필.

1609년 45세 「심벌린Cymbelin」 집필. 『소네트집Sonnets』 출간.

1610년 46세 「겨울 이야기Winter's Tale」 집필.

1611년 ^{47세} 「폭풍우Tempest」 집필.

1612년 ^{48세} 존 플레처John Fletcher와 함께 「헨리 8세Henry VIII」 집필.

1613년 ^{49세} 존 플레처와 「고결한 두 친척The Two Noble Kinsmen」 집필. 「헨리 8세」 공연 중 화재로 글로브 극장이 소실됨.

1614년 ^{50세} 글로브 극장 재개관.

1616년 ^{52세} 딸 주디스 결혼. 4월 23일 윌리엄 셰익스피어 사망.

1623년 아내 앤 해서웨이 사망. 존 헤밍John Heminges과 헨리 콘델 Henry Condell에 의해 36개의 극이 수록된 최초의 극전집 『제1이절판 *The First Folio*』 출간.

열린책들 세계문학 250 폭풍우

옮긴이 박우수 한국외국어대학교 영어과를 졸업하고 서울대학교 대학원 영어영문학과에서 문학 박사 학위를 받았다. 충북대학교 영어영문학과 교수를 지내고 현재한국외국어대학교 영문과 교수로 재직 중이다. 지은 책으로 『셰익스피어의 역사극』, 『셰익스피어와 바다』, 『셰익스피어와 인간의 확장』, 『종교개혁과 르네상스 영문학』, 『수사학과 말의 힘』, 『수사적 인간』 등이 있고, 옮긴 책으로 『햄릿』, 『리어 왕』, 『한여름 밤의 꿈』, 『베니스의 상인』, 『소네트집』, 『안티고네』, 『로미오와 줄리엣』, 『줄리어스 시저』 등이 있다.

지은이 윌리엄 셰익스피어 **옮긴이** 박우수 **발행인** 홍지웅 · 홍예빈
발행처 주식회사 열린책들 **주소** 경기도 파주시 문발로 253 파주출판도시
전화 031-955-4000 **팩스** 031-955-4004 **홈페이지** www.openbooks.co.kr
Copyright (C) 주식회사 열린책들, 2020, *Printed in Korea.*
ISBN 978-89-329-1250-9 04840 **ISBN** 978-89-329-1499-2 (세트)
발행일 2020년 4월 30일 세계문학판 1쇄

이 도서의 국립중앙도서관 출판예정도서목록(CIP)은 서지정보유통지원시스템 홈페이지(http://seoji.nl.go.kr)와 가자료공동목록시스템(http://www.nl.go.kr/kolisnet)에서 이용하실 수 있습니다.(CIP제어번호: CIP2020015315)

열린책들 세계문학
Open Books World Literature

각 권 8,800~15,800원